新潮文庫

ちょうちんそで

江國香織著

目次

ちょうちんそで

I

六番街の思い出

I

　隣室の男がやってきたとき、雛子《ひなこ》は架空の妹とお茶をのみながら、六番街の思い出について語り合っているところだった。姉妹は、ミルク紅茶にビスケットをひたしてたべていた。彼女たちの母親が好んだ、ビスケットのたべ方だ。母親によれば、こうするときのビスケットはマリーではなくチョイスでなければならなかった。それはもちろん遺言というわけではなかったが――そんなことを遺言にする母親がいるだろうか――、生前よく口にしていた言葉ではあって、だから雛子も架空の妹も、母親が死んで十数年経《た》ったいまも、それぞれの自宅の戸棚にチョイスを常備しているのみならず、外出先でいつミルク紅茶にでくわしてもいいように、二枚一組で個包装されたそれ——姉妹が子供のころにはなかったものだ。ビスケットがぎっしり入った直方体の、当時のあの紙の包みは、いったんあけると密封することができず、また、中身がすくなくなるにつれ、取りだすことも難しくなったものだ——を、鞄《かばん》に入れて持ち歩いてもいるのだが、それはそれとして、このたべ方には危険が伴う。マリーのように固いタイプのビスケットならいいのだが、チョイスのようにやわらかいものは、ひたす加減をまちがえると紅茶がしみこみすぎてしまい、ビスケットが、それ自体の重さに耐えきれなくなってちぎれてしまう。ぽた、もしくは、ぼた。ちぎれたそれは、カップのなかかテーブルの上、場合によっては膝《ひざ》の上に落下する。取り返しのつかない惨《みじ》めさで。

もっとも、雛子の記憶のなかの母親も妹も、そんなへまはしない。ぽた、もしくはぼた。びた、もしくはびしゃ。そういうことになるのは雛子のチョイスだけだ。

きょうもそうだった。架空の妹は笑った。

「あはははは。また落っことしちゃったの？　だめじゃん」

と言って。

「どうしてそんなにびしょびしょにしちゃうのかなあ。かあさんも言ってたでしょ、ほんのちょこっとだけくぐらせればいいのよって」

雛子は恥入り、項垂《うなだ》れた。ビスケットをびしょびしょにしてしまうのは、ミルク紅茶を、せっかくならたっぷりしみこませた方がおいしいと思うからで、つまり自分が欲深だからだ、とわかっていた。

「こうすればいいの、こう」

架空の妹は、真剣になったときの癖で眉間《みけん》にしわを寄せ、唇をとがらせて、何もない空中で、ビスケットを紅茶にさっとくぐらせる真似《まね》をくり返ししている。こう、こう、と呟《つぶや》きながら。

雛子は今年、五十四になる。ということは、妹の飴子《あめこ》も五十になるはずだが、いまこの部屋にいる雛子の架空の妹は、三十歳くらいだ（ときどき十七歳くらいにも見える）。雛子はもうながいこと妹に会っていないので、現在の妹が、どんな外見をしているのか知らない。痩《や》せているのか太っているのか、髪は黒いのか白いのか、茶色やオレンジ色に染めているのか。

雛子の知っている妹は、痩せっぽちだった。手足が長く、髪は黒々としていた。唇が薄く、それは母親譲りで雛子もおなじだったが、妹はそのことに気づくのが遅く、大学を卒業するころになって初めて、「私たち、唇が薄くない？」と、雛子に言った。「だって、口紅を塗る場所が見つからないよ」と。

玄関のドア――クリーム色の、金属製の重たいドア――をあけると、隣室の男は、

「こんにちは」

と言った。

「いま、いいかな。それともお邪魔だろうか」

と、おずおずとした笑顔を浮かべて。

「どうぞ」

ドアをさらに大きくあけて、雛子は男を部屋に入れる。

「またこの人?」

架空の妹が言った。

「ちょうどお茶をのんでいたところなの。どうぞ、坐《すわ》って」

雛子は構わず言い、薬罐《やかん》に水を入れて火にかける。架空の人間と現実の人間がおなじ空間にいる場合、現実の人間を優先させないと、正気を疑われてしまう。それでなくとも、すこし前に下の息子に――雛子には息子が二人いる――、「かあさん最近ますますボケてねえ?」と言われたばかりだ。

「ありがとう。でもお茶はいいよ、淹《い》れてくれなくて。というか、持ってきたんだ。こういうのはどうかなと思って」

隣室の男は化織の手さげ袋をテーブルに置き、中身を取りだす。ペットボトル入りの日本茶が二本と、折詰が二つ。

「駅弁？」

尋ねると、男は笑った。

「いや、駅弁じゃないけど。でも、なんで駅弁？」

訊《き》き返され、雛子は返答に詰まる。男は、さっきまで架空の妹が坐っていた椅子《いす》に腰をおろして、折詰にかぶせられているプラスティック製の蓋《ふた》を、二つともあける。

「いま、何時なの？」

雛子が尋ねると、男は時計を確かめもせず、

「三時半か、四十五分か」

とこたえた。

「そんな時間にお食事するの？」

非難するつもりはなかったが、非難がましい言い方になった気がして、

「あの、ごめんなさい、私は構わないんだけど、タンノさんが何時にお食事をしようと」

とつけ足した。男は困ったような表情をする（なんだか犬みたいな顔だ、と雛子は

思った）。

「いや、僕がっていうか、雛子さんお昼たべてないでしょう？」

そういえば、と思った。

「どうしてわかったの？」

男はそれにはこたえずに、

「さあ、たべましょう」

と言う。

どういうわけかしょっちゅう遊びに来るこの隣室の男を、雛子は嫌いではない。年齢を尋ねたことはないが、初老、という言葉がいかにも相応《ふさわ》しく思われる。白髪まじりの髪をごく短く刈り込み（雛子の意見では、板前か警察官に似合う髪型だ）、いつも小綺麗《こぎれい》な服装をしている（きょうは、茶色地に白い柄のついたアロハシャツに、紺色のバミューダパンツを合せている）。

空腹ではなかったが、雛子は男の向い側に坐り、折詰の中身——幕の内弁当——をつまんだ。

「このあと、スーパーに行くんですが、何か必要なものがあれば買ってきますよ」

男は言った。これまでにも、買物をしてきてくれたことが何度もあった。雛子は男より若く、健康状態に問題もない。自分がなぜそんな申し出をされるのか見当もつかない、というのが正直なところだったが、便利なので、ときどき好意に甘えてしまう。彼の買物のついでなのだし、バスを使うしかない雛子とは違って、男は自分の車で行くのだから。

「ありがとうございます。でも大丈夫、足りてますから」

けれどきょうはそう言った。

「ほんとうに？」

男は、まるで疑う理由があるかのように確認し、疑われた雛子がむっとしたのを察したらしく、

「あ、いや、失礼。いいんです、それなら」

と、すぐに続けた。

「やっぱりへんじゃない？　この人」

ピアノの前の椅子に追いやられていた架空の妹が口をはさむ。雛子は黙殺したものの、否定はできなかった。感じはいいが、この男との会話は、いつもどこかかみ合わない。

「じゃあ早く追いだしなよ」

架空の妹は言いつのる。どうして？　雛子は胸の内で返事をする。私は時間を持て余しているのだし、この人は、どうせもうじき帰るわよ、妻が待っているんだから。

タンノ夫人と雛子は、ごみ置き場やエントランスでよく顔を合せる（礼儀正しいが味わいに欠ける女、というのが雛子のタンノ夫人評だ）。隣家とのつき合いの、そもそもの最初は妻との立ち話――およびマンションの入口横のスペースに設《しつら》えられたベンチでの、いわば坐り話――だったのに、ある日いきなり夫が訪ねてくるようになった。夫妻の苗字《みょうじ》がタンノであることは確かだが、どんな字なのか、雛子は知らない。口頭で名乗り合っただけだし、玄関脇《わき》のネームプレートも、TANNOとローマ字で表記されている。

「雛子さんは昔、仙台にお住いだったんですよね」

男が言った。

「ええ、随分昔に、二年だけですけれど」

「それで、そのあと横浜に移られたんでしたよね」

正確にはそうではなかったが、どうでもいいことだと思ったので、雛子は、「ええ、まあ」と肯定した。

「まただね」

架空の妹が顔をしかめる。

「この人いっつも穿鑿《せんさく》するね」

ピアノ椅子に坐ったまま、退屈そうに、両足をのばして上げる。

「横浜のどこですか？」

「はい？　ああ、ええと、西区です」

雛子がこたえると、男は目を輝かせた。自分の分の折詰は、すっかりたべ終っている。

「以前お訊きしたときは、確か緑区っておっしゃったと思うが」

雛子は黙った。緑区に住んだのは仙台に行く前で、仙台から戻って住んだのが西区なのだ。前者は社宅で、後者は義母との同居だった。けれど説明するのはめんどうだった――この男と、何の関係があるというのだろう――ので、

「そうだったかしら」

と言って済ませた。なんだか取り調べみたい。そう言おうと思ったのだが、

「コロちゃんみたい」

と呟いてしまった。

「コロちゃん？」

男は怪訝《けげん》な顔で訊き返し、空になった折詰を、持参の手さげ袋にしまう。

「あら、いいんですよ、ごみは置いて行って下さって」

雛子は言った。

「コロちゃんってね、『刑事コロンボ』」

それからそう説明する。

「私と妹は、あのテレビ番組をコロちゃんって呼んでたの。『スパイ大作戦』はスパちゃん。でも『刑事コジャック』をコジャちゃんとは呼ばなかったわね。なぜかしら」

「妹さんって、飴子さんでしたっけ」

「そう、飴子。へんな名前でしょう？　私が雛子という名なのは、三月生れだからまあわかるんだけど」

男は生真面目《きまじめ》な表情で、雛子をじっと見つめる。しばらく待ったが何も言わない。男の目は悲しげで、そのことが雛子を落着かない気持ちにさせた。

「じゃあ、僕はそろそろ帰ります」

男は微笑《ほほえ》んで言う。微笑んでいるのに、目だけは依然として悲しげで、へんな顔だと雛子は思う。それとも、この人はもともとこういう顔だっただろうか、と。

「食事、ちゃんとした方がいいですよ」

ほとんど減っていない雛子の折詰に視線をやり、そう言い置いて、隣室の男は帰って行った。

2

海。

午後の日ざしに温められた砂を、ビーチサンダルをはいた足で正直《まさなお》は踏む。夏休み。海辺は人出が多く賑《にぎ》やかで、つきささったパラソルや、隅を荷物でおさえたビニールシートを迂回《うかい》しつつ、駆けてくる犬や子供や、飛んでくるビーチボールを避けつつ歩く。頭のてっぺんと背中が熱い。Tシャツが、汗で身体《からだ》にはりついている。建ちならぶ海の家は、西海岸風だったり東南アジア風だったり居酒屋風だったりと様々だ。そのうちの一軒――ヨーロッパのカフェ風――に、正直の最愛の女性二人――妻と娘――がいる。もっとも、正直の位置からいま見えるのは、妻と娘ではなく、妻と亜美ちゃんだ。二人とも、海に面した特等席に坐って、正直に手をふっている。信じられないほど美しい光景だ、と正直は思う。美女と美少女がならんで自分に輝くばかりの笑顔を向けている。そして、美女の隣の椅子にのったキャリー・バッグには、世界一の赤ん坊が寝ているのだ。正直は、砂の斜面を駆けあがらずにいられなくなる。

「おかえりなさーい」

妻と亜美ちゃんが声を揃《そろ》えた。あかるい、はしゃいだ、女の子っぽい声だ。

「はい、これ」

正直は言い、妻のサングラスをテーブルに置く（車に忘れてきたというので、取ってきたところだった）。キャリー・バッグのなかをのぞくと、娘は気持ちよさそうに寝ていた。店内にはかなりの音量でレゲエが流れているのだが、眠りの妨げにはならないらしい。

生後六か月の赤ん坊を夏の浜辺に連れだしていいものかどうか、正直には判断がつかなかったが、妻も妻の母親も、「全然平気よ、そんなの」と言った。「海に入れるわけじゃなし、日陰で、短時間なら何の問題もないわ」と。正直は妻を偉大だと思う。こんなにきれいな赤ん坊を産んでくれただけでも偉大だが、赤ん坊の夜泣きにも嘔吐《おうと》にも動転せずに対処し、一方で出産前とおなじほっそりした体型を取り戻して、現役女子大生である亜美ちゃんとおなじテンションで――まるで親友同士のようなためロで――お喋《しゃべ》りをたのしめるのだからすごい。正直自身は、弟のガールフレンドである亜美ちゃんを、かわいくていい子だと思いはするものの、どう扱っていいのかわからなくて、ときどき困惑する。何を話せばいいというのだろう、わき腹に小さなタトゥを入れている（それは、勿論《もちろん》きょうはじめて知ったことだ。ビキニのトップにショートパンツという、開放感溢《あふ》れる恰好《かっこう》を亜美ちゃんはしている）、妙に素直であけすけな女子大生と。

赤ん坊をはさんで妻の隣の椅子に腰掛け、正直はコロナビールをごぶごぶっとのむ。注文してから時間が経っているので、すでにぬるくなっていた。新しいのをもらおうと、うしろを向いて弟を探す。大学生の弟は、夏のあいだ、この海の家で働いている。視線をとらえ、ビールの壜《びん》を持ち上げてみせる。弟は了解したしるしに片手をあげた。弟の手首に巻かれた細い紐《ひも》が、亜美ちゃんの手首のそれと揃いであることに、正直は気づく。ペア、という言葉が頭に浮かび、自分のことではないのに照れくさくなった。ピンク色の紐。たとえ女性と揃いでなくても、自分にはそんなものをつける度胸はないと、正直は思う。自分と弟は、ほんとうに似ていない。しかし、だからこそ上手《うま》くやれているのかもしれなかった。正直と弟は父親の違う兄弟だが、これまで一度も喧《けん》嘩《か》らしい喧嘩をしたことがない。九歳という年の差もあるだろうが、父親が、妻の連れ子である正直と、実の息子である弟とに分け隔てなく接してくれたことが大きく、正直はこの父親に、ほんとうに感謝していた。

「萌音《もね》ちゃん平気？」

弟が言い、コロナの壜をテーブルに置く。

「うん。すやすや寝てる」

正直は誇らしい気持ちでこたえ、キャリー・バッグの中を見つめる。それは持ち手つきのベビーベッドとでもいうべきもので、ガーゼ地の薄い布団《ふとん》が敷きつめられており、その上に横たえられた赤ん坊は、いつ見ても濡《ぬ》れている唇を半びらきにして、両手を上にあげて寝息をたてている。

「天使みたいに扱いやすいんだ」

やにさがっている、と自分でもわかる声音で正直が言うと、弟は不思議そうな顔をした。

「天使って扱いやすいの？」

尋ねられ、正直は一瞬返答につまる。天使みたいに清純で、その上扱いやすいんだ。

そう説明することを思いついたときには、弟はべつな客に呼ばれ、いなくなっていた。

「ああ、そうだ、カメラ」

思いだし、正直は呟く。さっき斜面をのぼりながら、この美しい光景をぜひとも写真に収めなくてはと思ったのだった。

「はい、お二人さん、こっちを向いて」

斜面にうしろ向きに立ち、デジタルカメラを構えると、妻と亜美ちゃんは即座に陽気なポーズを取った。互いに身体をぴったりと寄せ合い、親指と小指を立てて、妻はサングラスごしに満面の笑み、亜美ちゃんは男物のように見える麦わら帽子の下で、わざと顔をくしゃくしゃにする。

「もう一枚撮るよ」

二人は即座にポーズを変える（妻はサングラスをはずし、亜美ちゃんは、かぶっていた帽子を脱いで、妻の頭にのせる。二人揃って頬杖《ほおづえ》をつく）。さらに何枚か写真を撮った。そのすべてに、娘の入ったキャリー・バッグがきちんと写るよう、正直は気を配った。

3

あの女性は、たぶんすこし頭がおかしいのだ。丹野《たんの》圭子は、夫とならんでスーパーマーケットの通路を歩きながら思う。そうでなければ、レクリエーション・ルームがあったり看護師が常駐していたりする高齢者向きのマンションに、あの若さで入居するはずがない。

「いい？」

桃を手にした夫が圭子を見て尋ね、圭子がうなずくと、長野県産と表示されたその桃――二個で九百八十円――をカートに入れる。夫の龍次《りゅうじ》は、欲しいものがあるとまず圭子の許可を求める。三歳児みたいに。

「いい？」

次は瓜《うり》の浅漬だった。その次は焼きプリン。あいまに、勿論圭子はもっと大切かつ必要なもの、野菜各種や卵や牛乳、肉や出汁《だし》用の昆布やトイレットペーパーを、選んで手早くカートに入れる。

「いい？」

夫が手にしたビスケットを見て、圭子はついため息をついた。

「またなの？　でも雛子さん、何も要らないっておっしゃったんでしょう？」

そうだけどさ、と龍次はこたえる。

「そうだけどさ、でもこれは、いつ持って行っても喜ぶんだよ、あの人」

龍次は申し分のない夫で、圭子が心から尊敬できる男でもあるのだが、隣室の女性のこととなると、どうも良識が働かなくなるようなのだった。

「『いつ持って行っても』って、さっき行ってきたばかりじゃないの。今度は一体いつ持って行くつもりなの？」

龍次はあっさり肩をすくめる。

「さあ。あしたか、あさってか、来週か。べつに腐るものじゃなし」

どうぞお好きに。そう言うかわりに圭子は夫の手からその菓子を取り、自分でカートに入れて先に進んだ。

「おいおい、何だよ、やきもちか？」

うしろで夫の言うのが聞こえ、圭子は呆《あき》れる。

「ばかばかしい」

ふり返らずに言った。

「ご迷惑だろうと思っただけよ。他人がそんなにしょっちゅう訪ねて行ったら」

圭子はレジの列に並ぶ。大きなカートは扱いづらく――いつもは夫が押す役で、きょうもビスケットまでは押してもらっていた――、前の人にぶつけてしまう。

「まあ、ごめんなさい」

謝ったが、前の人は返事もしなかった。

「俺はちゃんと訊いてるよ、おじゃまですかって」

追いついた夫がさらに言いつのる。

「不都合なときは彼女もちゃんと言うしね、『いまはちょっと』とか何とか」

圭子は黙殺した。こんな、他人の耳のあるところでみっともない会話をしたくはない。けれど夫が、

「それに、迷惑なんてことを言いだしたら、あそこでは暮して行かれないよ。きみと徳子《とくこ》さんだってさ」

と続けるに至っては、反論せずにいられなかった。

「私と徳子さんは気心が知れているし、犬仲間だもの」

夫は笑う。

「それだってさ、徳子さんの夫は迷惑がってるかもしれないぞ」

圭子はにわかに不安になる。そうだろうか。徳子さんというのは五階に住む岸田何《なに》某《がし》――かつては結構名を知られた声優だったらしい――の妻で、たしかに圭子と彼女は互いの家を、毎日のように往《い》き来《き》している。愛犬――圭子のそれはフレンチブルドッグで、徳子さんのそれはミニチュア・シュナウザーだ――もろとも。岸田夫妻はマンションの古株で、圭子も龍次も入居以来親しくしている（旅行にも、一緒に二度でかけた）。それでも――。

「冗談だよ」

夫が言い、同時に圭子の背中に熱が伝わる。龍次の手のひらの熱だ。

「あの二人はヤスケにぞっこんなんだから、顔を見せに連れて行くのは、いわば慰問だよ」

慰問。その言葉に、圭子は苦笑する。岸田夫妻は自分たち夫婦よりも年上で、七十代も後半だろうと思われた。若輩の自分たちが、気を配る必要がある。

おもてにでると、夏の夕空は薄青く、あわあわとした雲が漂っている。

「待って」

　圭子は言い、出口脇の花屋で足を止めた。あかるい色のダリアを三本買う。

「あ、やっぱり六本にしてくださる?」

　言い直したのは、徳子さんにもお分けしようと考えたからだ。夫がさも可笑《おか》しそうに、

「おや」

　と言い、圭子は敗北を認める。そうなのだ。子供たちにも孫たちにも面倒をかけずに済むように、大枚払って入居したあのマンションはそれなりに快適だが、住人同士の交流が盛んで——図書館とか医務室とか、公共のスペースが多いし、ビリヤード・トーナメントとか音楽の夕べとか、ただでさえ密な交流をさらに深めさせようとするイヴェントも多い——、社交能力が問われるのも事実だった。住人のなかにはそういった催しに一切顔をださず、他人と極力接触せず、ひっそり暮している人たちもいる。いるけれど、彼らは〝変っている〟と見做《みな》された。隣の雛子さんのように。

　もっとも——。

　蟬《せみ》がやかましく鳴き立てる歩道を、駐車場をめざして歩きながら圭子は思う。もっとも、あの女性はそう見做されているというだけではなくて、ほんとうに変なのだが——。そういうことは、いくら隠そうとしても隠しおおせるものではない(去年亡《な》く

なった三階の有馬《ありま》さんも、亡くなる一年ほど前から言動が変になっていた)。

圭子自身は行ったことがないのだが、夫の話では、隣室は「ひどく殺風景」らしい。住人の趣味や個性をうかがわせるものは、ピアノ一台と書物くらいで、あとはマンションのパンフレットに載っていた、モデルルームそのものだという。「本人がいるのに、いないみたいな部屋」なのだそうだ。話すことが妙なのは、圭子も十分経験済みだ。

おそらく——。

夫が荷物をトランクに入れるのを、そばに立って見守りながら圭子は考える。おそらく、この人が彼女をたびたび訪ねるのも、ある種の慰問なのだろう。たしかに彼女はおそろしく孤独に見える。入居して一年以上経つけれども、訪問客もほとんどないし、泊りがけの客が来たことは一度もない(マンションにはゲストルームが完備されており、家族などの泊り客はそこに滞在するのですぐにそれとわかるのだ)。圭子の娘も息子も、孫を連れてときどき泊りにきてくれる。

駐車場の隅のカート置き場で、圭子は顔をしかめる。

「まただわ」

声にだして言った。

「こういうの、私はほんとうに腹が立つの」

スーパーマーケットには、大小二種類のカートがある。商品を直接入れられるタイプのものが大、カゴをのせて使うタイプのものが小で、その二つは片づけるときに連結――というか、重なるように合体――させられない。だから小さい方は店内専用で、駐車場まで持ちだしてはいけないことになっている。ものすごく大きな字で、カート一つ一つに店内専用と明記されているのに、駐車場に来ると決ってそれがあるのだ。一台か二台、場合によっては三台。圭子には、信じられないことだった。夫はまたあっさり肩をすくめる。俺のせいじゃない。そう言いたげな素振りで。

けれど圭子は憤懣《ふんまん》やる方なかった。というよりおそろしかった。ものすごく大きな字で注意を喚起されているというのに、こんなに簡単なルールも守れない人が、世間にはたくさんいるのだ。

圭子は思わず身ぶるいし、夫の車の助手席に乗り込む。安心な場所に。

4

絵里子さんは黒い。

海の家のカウンター席に坐り、足をぶらぶらさせながら亜美は思った。夕暮れ。波がかなり高い。ザバンザバンと打ち寄せる音が、店のＢＧＭよりずっとはっきり耳に届く。

「だってあの人、絶対正直さんを軽んじてるよ」

亜美は言った。

「それに、自分のことをすごい美人か何かだと思ってる」

「美人じゃん」

カウンターの内側で、誠がこたえる。

「まあまあじゃん？」

呟いて、亜美は爪《つめ》の裏に入った砂を取り除く。とくに親指の爪の裏がじゃりじゃりになっていて、それは絵里子と二人で正直を砂に埋めたときに、はりきりすぎた証拠だった。

「嫌いなの？」

尋ねられ、注意は爪に向けたまま、

「嫌いってわけじゃないけど」

とこたえた。絵里子とは、これまでにも何度も会っている。彼女のお腹《なか》がまだ大きかったころ、一緒にベビー用品の買物に行ったこともある。いつ会っても絵里子は亜美に親切で、その親切が、亜美には不気味なのだった。

「だって、物とかくれるんだよ？　家族でもない私に、学生時代に愛用していたネックレスとか、ブランド物のバッグとか」

すっかり日の落ちた砂浜には、パラソルも敷物ももう見あたらない。

「嫌いっていうわけじゃないんだけどね」

おなじ言葉を、亜美はもう一度くり返した。義理のとはいえボーイフレンドのお姉さんを、あまり悪く言ってはいけないと思ったからだ。

「ふうん」

誠は亜美の言葉をうけ流し、

「俺はチョイ嫌いだけどね」

と、悪びれずに言った。亜美が見上げて表情を確かめると、誠はにっこり笑う。亜美もつられて微笑みを返した。

「正直さんていい人だよね」

そして言うと、誠は、

「うん」

と即答した。

亜美は誠と、大学に入学したその日に知り合った。入学式の行われた講堂で。おなじ法学部でおなじクラス、おなじ神奈川在住。そっけないけれど気持ちのいい男の子だ、というのが誠に対する亜美の第一印象で、めちゃくちゃ可愛《かわい》い、というのが亜美に対する誠の第一印象だった（とあとから聞いた）。キスとかメール・アドレスの交換とか肉体交渉とかはすべて、四月のうちに、たて続けに起きた。それ以来、亜美の信じるところでは互いに相手一本槍《いっぽんやり》で来たのだが、だからといって、亜美と誠は大学にときどきいるような、カップル然としたカップルでは決してない（これについては、亜美は絶対的な自信を持っていた）。どちらも友達が多いし、バイトや部活で忙しく、互いに相手の知らない仲間を持っている。勿論そういう仲間についても話はするので、誠流の言い方をするなら〝チョイ〟知ってはいるのだが、〝チョイ〟はあくまでも〝チョイ〟だ。そして、それでも互いに相手がいちばん好きだという現状が、亜美には誇らしく嬉《うれ》しいのだった。

「のまないの?」

カウンターの上の、氷の溶けきったサングリアを視線で示し、誠が訊く。

「だってもうお腹がぼがぼ。昼間からずっと、ビールやコーラをのみっぱなしだから」

海辺は、もうまっ暗といってよかった。砂浜に見えるのはそぞろ歩きのカップルと、犬を散歩させる近所の人、それに煙のなかで花火をする、子供のいる家族連れだけだ。

「じゃあ何かたべる?」

「たべる!」

海の家が閉まる十時半までには、まだたっぷり時間がある。乳児連れの正直夫婦が早く帰ってくれたおかげで、亜美は立ち働く誠を好きなだけ眺めていられる。ザバンザバンと打ち寄せる、大らかな波の音を聞きながら。

5

雛子の部屋の窓から見おろせるのは、道路と、道路をはさんだ向い側のテニスコートだ。どこかの企業が所有するそのテニスコートは木立ちに囲まれ、ナイター照明に煌々《こうこう》と照らされてあかるい。

雛子は、もうミルク紅茶をのんではいない。夜はワインと決めているのだ。大ぶりのグラスで二杯か三杯。きょうは赤ワインをのんでいる。タンニンのあまり強くない、澄んだ色のワインが雛子の好みだ。若かったころには、重厚なワインを好んでのんだ。渋みも甘みも強く、土の匂《にお》いのする暗い色のものを。

「ああいうのは、息苦しい感じがしてもうだめね。最近は、軽いものが好きになっちゃったの」

まるで言い訳が必要だとでもいうように、雛子は架空の妹に言う。

「いいんじゃない？　べつに、それで」

架空の妹はこたえる。

「ねえさんお酒のみすぎだったもん。あのままだったら、きっとアル中になってたよ」

と。

子供のころ、飴子は雛子を「ひなちゃん」と呼んでいたのだが、高校にあがるころから「ねえさん」と呼ぶようになった。大人っぽいというよりも、おばさんじみた響きのするその言葉を、二人ともおもしろがって使っていたのに、いつのまにか雛子はほんとうのおばさんになった。

隣室の男に言われたとおり、雛子はワインと一緒に夕食として、幕の内弁当をつまんでいる。煮しめた蒟蒻《こんにゃく》や紅葉形の生麩《なまふ》や、焼いた鰆《さわら》や。そうしながら、昼間男に中断された昔話の、続きを架空の妹としているのだった。

「六番街の入口のところに、おもちゃ屋さんがあったでしょう? 一部分だけタバコ屋さんの」

雛子は言った。

「私たち、よくあそこにタバコを買いに行かされたわね」

姉妹の父親は物書きで、ヘヴィ・スモーカーだった。家で仕事をしていたので、タバコが切れると娘のどちらかを呼んで、「お役目、果たすか？」と訊いた。そして、娘がタバコを買って帰ると、「お役目、ご苦労」と言った。

「行かされた」

架空の妹はこたえる。

「委任状を持って」

と。

「委任状！　そうだったわね。たしかに持たされた」

思いだし、可笑しくなって、雛子は笑う。几帳面《きちょうめん》だった父親は、子供にタバコは売れない、と店の人間が言ったときのために、と、その都度委任状を作成した。そこには、子供を使いにだしたのが自分であり、タバコを喫《す》うのもまた自分である旨《むね》が書かれ、住所と名前の横には押印《おういん》までしてあった。

「あのおもちゃ屋さん、途中でいきなり様変りしたね」

架空の妹が言う。

「人形とか汽車とかおはじきとか、ゼンマイ仕掛のサルとかゲームとか売っていたのに、そういうのは一つも置かなくなって、へんなものを売る店になった」

雛子は首を傾《かし》げる。

「へんなものって何？」

尋ねて、ワインを一口啜《すす》った。

「マグカップとか、写真立てとか、くつ下とか、お財布とか、傘とか、小物入れとか」

「そうだったかしら」

雛子が呟くと、架空の妹は大袈裟《おおげさ》に驚く。

「えーっ、憶《おぼ》えてないの？」

と言って。

「ねえさんあそこでハンモックを買ってきたじゃないの」

雛子も思いだす。

「ああ、ハンモック。買ったわね、たしかに。ベランダに吊《つる》した」

当時住んでいた家は、どの部屋も小さいのにベランダだけが無闇《むやみ》に広く、母親はそこで植物をたくさん育てていた。

「私たち、よく一緒にお昼寝したわね、ハンモックの上で」

風が渡って気持ちがよかった。

「布を敷くのを忘れると、起きたとき身体じゅう網目模様になってたね」

架空の妹が言い、可笑しそうに笑う。

「それに、ハンモックの上で本を読むと、ねえさんは必ず具合が悪くなった。『酔った』って、青い顔で」

「あれはあなたがハンモックを揺らすから」

雛子は言い、けれどやっぱり笑ってしまう。随分遠い日々のことだ。

「飴ちゃん」

雛子は、窓辺に立っている架空の妹を見つめる。かつて彼女が気に入って着ていた、黒いセーターに深緑色のミニスカートという恰好の妹は、架空の存在なので、夏でもそれで暑くないのだ。

「なに?」

架空の妹は、両方の眉毛《まゆげ》を持ち上げて雛子を見返す。そうすると、彼女の顔のいちばんの特徴である大きな目が、さらに大きくなる。

「ピアノを弾いて」

十代のころ、飴子はジャズ・ピアニストになりたがっていた。音大のピアノ科を卒業したが、ピアニストではなく、母校の高校の音楽教師になった。そして、趣味でバンドを組んでいた。

「いいよ」

あっさりこたえ、架空の妹はピアノの前に坐って蓋をあける。架空の音が、静かにゆっくりこぼれ始める。次第に速く、賑やかになり、部屋じゅう音で一杯になる。チーク・トゥ・チーク、ハニーサックル・ローズ、それに勿論ガーシュウィンが何曲か。どれも、姉妹がさんざんレコードで聴き、ピアノで練習した曲だ。

雛子は、足で床を、手でテーブルを叩《たた》いて拍子をとる。目を閉じて身体を揺らし、ハミングする。雛子には、ピアノ以外の楽器の音も聞こえる。ドラムや、ベースや、サックスや。すると、外国の酒場にでもいるような気分になる。そこには人が大勢いて、のんだり喋ったり笑ったりしている。探せば、たぶんみんな見つかるはずだ。父親も母親も、最初の夫も二人目の夫も、去って行ったり、雛子の方から去ったりした昔の恋人たちも、妹も。

「梅干し」

音楽が止《や》み、目をあけると架空の妹が、雛子の夕食をのぞき込んでいた。

「ねえさん、まだ梅干しが苦手なんだね」

周囲のごはんごと、プラスティックの蓋によけてあるそれを、眺めて架空の妹は言う。

「『まだ』ってあなた」

雛子は笑った。

「ここまできたら、もう一生たべないと思うわ。きらいなんだもの」

飴子は、雛子よりずっと好き嫌いが多かった。トマトも胡瓜《きゅうり》もたべられなかった。ヨーグルトやプリンも。レバーペーストも。けれど自分のことは棚に上げ、架空の妹は眉間にしわを寄せて、母親そっくりの口調で、

「おいしいのに」

と言うのだった。

2

子供たち

I

九月になり、新学期が始まって、なつきは三年生になった。親友のドリューが四年生に飛び級し、教室でお喋《しゃべ》りできなくなったことは残念だったけれど、それを除けばなつきは小学校が気に入っている。最初はちんぷんかんぷんだった授業も、フランス語以外の課目は、内容をほぼ理解できるようになった。英語がわかるようになったせいだ。でも、それは水曜日の午後と土曜日にこうして通っている日本人学校で、補習をしてもらっているせいでもあると、なつきは思う。ここの先生は二人ともやさしいし、とくに小島先生は、なつきの言いたいことをいつでもちゃんとわかってくれる。パパにもママにもドリューにも言えないことを、小島先生には話すことができた。秘密を守れる人なのだ（これは、相手が子供の場合、大人にはすごく珍しいことだ）。

もうすぐここに来られなくなるかもしれないと思うと、指と胸がざわざわし、足のあいだがすーんとした。この国に来たばかりのころみたいに。

「シュナイダー先生がね、あなたにはもう補習は必要ないんじゃないかっておっしゃったのよ」

そう言ったとき、ママはとても嬉《うれ》しそうだった。

「それよりも小学校で、地元の子供たちとおなじように——ほら、課外活動なんかも始まるでしょう？　これから。ブラスバンドとか、ホッケー・チームとか——、そういうのに参加したほうが、たのしいし、いろんな意味でプラスになるんじゃないですかって」

ミセス・シュナイダーは、なつきの通う小学校の校長先生だ。眼鏡をかけていて、太っていて、声が大きい。普段は校長室にいるのだが、お昼にはカフェテリアで、必ず生徒たちと一緒にランチをたべる。

「どう？　いいニュースじゃない？」

尋ねられたとき、母親にもミセス・シュナイダーにも悪いとは思ったが、

「補習、要るよ」

とこたえた。

日本人学校はオフィス街にある。ガラスをたくさん使った高層ビルの一階で、なつきの家からは遠い。小学校と違ってスクールバスもないので、雨の日も雪の日も電車とバスを乗り継いで、なつきを送迎する母親は大変に違いない。

父親の転勤にともなって、なつきがこの国に来たのはおととしのことだ。その春に、日本で小学校に入学したばかりだったのに。

「いいところだよ。世界一住みやすい街だって言われてるんだ」

引越が決ると、そう聞かされた。「海の近くだから、新鮮な魚がたべられるぞ」とも、「きっと、すぐにお友達ができるわ」とも。おおむねそのとおりだったとなつきは思う。世界一住みやすいかどうかはわからなかったが、ここはとてもきれいなところだ。家もお店もかわいらしい見かけをしているし、あちこちに公園があり、公園にはりすがいる。真赤な小鳥も。カーディナルという名前だと、いまではなつきも知っているその小鳥を、はじめて見たときには目を疑った。トマトよりいちごより派手に赤い小鳥！　あまりにもつくりものめいていて、それが本物の鳥だ――生きていて、飛んだり囀《さえず》ったりする――とは、なかなか信じられなかった。シーフードがおいしいのもほんとうのことだ（なつきはサーモンが大好物だ）し、小学校にはドリュー以外にも、お喋りをする友達がいる。エリカとか、キンバリーとか。全体として、自分はここによく順応しているとなつきは思う。順応する、というのは母親が頻繁に口にする言葉だ。たいていは、なつきについて話すときに使う。彼女にとって、それは非常に重要な問題なのだ。だからなつきは、夢のことを母親には言えない。父親にも（経験上、彼らが互いに何でも打明け合ってしまうことを、なつきは知っていた）。

その夢に、なつき以外の人間はでてこない。なつきは一人でそこにいる。日本の、以前住んでいた家に。玄関からあがるとき、なつきは心臓が痛いほど嬉しい。喜びに、ほとんどはちきれそうになりながら、部屋を一つずつ確かめて歩く。ああ、ここ。そんなふうに思う。その夢のなかで、なつきはたくさんのものを見る。カーテンとか、壁とか、台所とか。廊下とか、ベッドとか、天井とか。ああ、これ。そしてそう思う。なにもかもはっきり見えていて、なつかしさでいっぱいになるのに、目をさますと一つも思いだせない。カーテンの柄も、壁の様子も、台所のどこに何が置いてあったのかも。起きてからしばらくはぼんやりしてしまう。思いだせないことが残念で、それに家がかわいそうで、かなしくなる。そういう夢をなつきはときどき見るのだが、そんなことを言えば、両親は娘が日本に帰りたがっているのだと思って心配するだろう。実際には、帰りたいわけではないのに――。

「なんてすてきな夢」

誰にも言わないという約束で、なつきがそのことを話すと、小島先生はうっとりしたように言った。

「離れていてもつながっているのね、あなたとその家は」

なつきは、それまでそんなふうに考えたことがなかった。

「でも、目がさめたときかなしいよ」

なつきが言うと、先生はすこし黙ってから、

「わかるわ」

と目を伏せて呟《つぶや》いた。

「わかるわ。かなしいわね、あれは」

と。そして、先生もよく日本の夢を見ることがあるのだと、教えてくれたのだった。内緒だけど、といたずらっぽく微笑《ほほえ》んで。

パパにもママにも言えないことを、どうして小島先生には話せるのかはわからない。でも先生は生徒みんなに、いつでも何でも話しに来てくれて構わないと言っていて、英語をほとんど話せなかったなつきには、他に話せる人がいなかったのだ。

終業のベルが鳴り、なつきは自分が授業をちっとも聞いていなかったことに気づく。

先生が黒板に書いた文字さえノートに写していなかった。

土曜日。なかなか動かない子供たちのいる教室をでて、なつきはまっすぐ「お迎えの部屋」に向う。そこには自由に使えるパソコンが三台あり、日本語のも英語のも、本がたくさん置いてある。画用紙とかクレヨンとか、折り紙とか木彫りの動物セットとかも用意されていて、お迎えを待つあいだ、みんなが退屈せずにすむようになっている。

母親はすでに来ていた。窓の前に立ち、よそのお母さん二人と何か話している。足元に、スーパーマーケットの〝ケイパーズ〟のビニール袋が置いてあり、先に買物を済ませてきたのだとわかった。なつきが近づいていくと、ここはまだ家じゃないのに、

「お帰りなさい」

と言って、なつきの顔のあちこちをこする。まるで、なつきの顔がひどく汚れていて、でも母親が指先で拭《ぬぐ》えばすっかりきれいになるのだというみたいに。これは母親がなつきに対してよくする動作で、意味がわからないばかりか、突然されるのでその都度びっくりする。うっぷ、となって、目をつぶって息をとめる。ほんの短いあいだだけだけれど。

「忘れものはない？」

なつきのリュックサック——紫色のナイロン製で、底の部分だけやわらかい革でできている——をぽんとたたいて母親は訊《き》いた。

戸口には、小学生担当の先生が二人とも立っていて、生徒一人一人に声をかけたり、冗談を言って笑ったりしている。

なつきが補習をやめたくないと言ったとき、ママは、じゃあ向うの先生の意見も訊いてみましょうと言った。向うの先生というのは日本人学校の先生という意味で、そればつまりこの二人だ。通りすぎるとき、なつきは小島先生の顔をじっと見た。そうすればそこに、何かのしるしが読みとれるかもしれないと思ったのだが、先生はいつもと何の変りもなく、

「さよなら、なつきちゃん。また水曜日にね」

と言ってにっこりしただけだった。

小島先生はすごく小柄だ（あんなに華奢《きやしや》な人は見たことがない、とママは言う）。スカートからつきでた足は棒みたいで、大きすぎるサンダル（ピンク色で、プラスティックでできている）をはいて立つ姿は、お年寄りのようにも子供みたいにも見える。

「あのこと、もう先生に相談した？」

建物をでると、なつきは母親と手をつないで訊いた。おもては晴れていて風が強く、

近くの建設現場では、鉄骨と鉄骨のぶつかる鈍い音がしている。空気には海の匂《にお》いが混じっている。

「したわ」

母親は言い、

「先生が何ておっしゃったか聞きたい？」

と嬉しそうに続けた。〝ケイパーズ〟のビニール袋がかさぱさと鳴る。なつきはあまり聞きたくなかった。母親の口調から、想像ができたからだ。指と胸がざわざわし、足のあいだがすーんとする。

「なつきちゃんならまったく問題ないでしょうって、小島先生も、谷口先生もよ」

つないでいた手が離れ、なつきは肩を抱き寄せられた。失望がひろがる。

「ママはあなたが誇らしいわ」

小島先生は、もっとわかってくれているはずだと思っていた。がっかりだった。なつきがこの国に来て、最初に信用できた人で、「私たちはもうお友達よ」と、ドリューより先に言ってくれた人なのだ。それに、小人の話を信じてもくれた。

「お祝いにお茶をのんでいく？」

なつきは小人を見たことがあるのだが、パパもママも信じようとしないのだった。

2

美容室は、道路に面した側の壁もドアもガラス張りで、ひろびろした室内は、どこもかしこも白い。ここに来ると雛子はきまって気恥かしくなるのだが、ガラス張りで、ひろびろしていて白いとなぜ気恥かしくなるのかは、自分でもわからなかった。

「そうだねえ」

どこにでもついてくる――というより気がつくとそこにいる――、架空の妹が言う。

「まわりがあんまりぴかぴかできれいだと、自分が汚れてるのがわかっちゃうからじゃない？」

雛子は衝撃を受ける。

「汚れてる？」

声にはださず、心のなかだけで訊き返した。そして、でも、返事を待たずに笑ってしまう。遠慮のない物言いが、いかにも妹らしくてなつかしかったからだ。

「何か可笑《おか》しかったですか？」

若い美容師に、怪訝《けげん》そうにではなくにこやかに、いっそあやすように問われ、ごめんなさい、なんでもないの、と、ぼそぼそと詫《わ》びる。美容師は、野菜の傷《いた》み具合でも調べるみたいに無造作に、雛子の髪のあいだに指をすべらせ、

「色は、前とおなじでいいですか？」

と訊いた。

「おなじでいいわ。色も形も」

雛子の髪は短い。うんと短くしてね、と、いつも頼んでいるからだ。

「了解です」

美容師はこたえ、タオルや膝掛《ひざか》けやケープで、雛子を次々くるみ始める。

「まちがえた」

架空の妹が、妙にきっぱりした口調で宣言する。

「汚れてるっていう言葉は違うね。それじゃねえさんが汚いみたいだもんね」

そして、自分の言葉に自分で笑いだす。雛子は、妹が笑い上戸《じょうご》だったことを思いだした。それは薄い唇同様に、妹が母親から譲り受けた性質で、でも唇と違って、どういうわけか雛子には遺伝しなかった。母親と妹は、何がおもしろいのか雛子にはさっ

ぱりわからないこと――スイッチを入れた途端に電球が切れたとか、風の強い日にカーテンがはためき、積んであった本の上にひらりとのっかったとか――でいきなり笑いだし、一度笑い始めると、なかなか笑い止《や》まなかった。雛子はただぽかんとして――おそらくすこしだけうらやましい気持ちで――それを見ていた。二人がそれぞれ息を整え、徐々に笑い止んでいくまで。そういうとき、父親も困った顔をしていた。雛子同様、どうしていいのかわからない顔を。

「あー、可笑しかった」

笑いの余韻を含んだ声で、架空の妹は続ける。

「汚れてるんじゃなくて、くたびれてるっていうか、擦り減ってるっていうか、新品じゃないっていうかね」

雛子はその言葉を胸の内で転がす。新品じゃない。当然ではないか。目の前の鏡から、それを証拠立てるかのようにくたびれた肌の女が、雛子を凝視している。不機嫌そうで意地悪そうだ。ケープのせいで、何かの台に顔だけがちょこんとのっているように見える。

「しょーがないじゃん」

架空の妹が言う。勿論《もちろん》よ。雛子は心のなかでこたえた。こたえたが、すこし離れた場所に立っているために全身が鏡に映り込んでいるその架空の妹は、あいかわらず十七歳から三十歳の、あいだのどこかに宙吊《ちゅうづ》りになっているのだった。

「これでしばらく置きますね」

つめたくてくさい染料を塗り終えて、雛子の頭をラップで包むと美容師は言った。

雛子が、髪を「うんと短く」するようになったのは最近のことだ。最近といっても二年か、もうすこし前。そのころのことを、自分はわざと曖昧《あいまい》に記憶しているのだろうと、雛子は思う。以前と以後。そう認識している。というより、そうする以外になかった。

病室で、目をさましたときのことを雛子は憶《おぼ》えている。窓のあるあかるい小部屋で、医者がいて看護師がいて、夫がいた。雛子には、なぜ夫がそこにいるのかわからなかった。腕からも鼻からも管がのびていた。自分が泥酔《でいすい》して昏倒《こんとう》し、救急車で運ばれたあと、二日間意識が戻らなかったことを知らされた。それでもなお、雛子には、なぜ夫がそこにいるのか理解できなかった。それから息子たちがやってきた。先に長男が、夜になって次男が。信じられなかった。雛子は家族を捨てたつもりだったし、何年も会っていなかったのだから。

退院し、彼らの家に連れて帰られたとき、雛子はもう以前の雛子ではなくなっていた。

「ねえさんねえさんねえさん」

架空の妹が言葉を重ねて呼ぶ。

「思いだすのやめれば」

と言う。

「そんなことをすれば悲しくなるだけなんだから。ねえさんだって、ほんとうはわかってるんでしょう?」

と。雛子にはわからなかった。わからなかったが、きっとそうなのだろうと思った。架空の妹の言うことは、いつだって正しいのだから。

洗ったり切ったり乾かしたりがすべて終ると、頭は驚くほど軽くなった。

「あら、いいじゃないの。さっぱりしたわね」

架空の妹が、母親の口調を真似《まね》て言う。いまの髪のかたち——美容師の言い方ではベリーショート——は、雛子の言葉で言うとジーン・セバーグスタイルなのだが、鏡のなかの女とそのアメリカ人女優とは、無論すこしも似ていない。

駅に続く商店街の、八百屋で雛子は足を止めて、いちじくを一パック買った。好物なのだ。五百円玉を一枚渡し、十円玉三枚と、五十円玉一枚のおつりを受けとる。

「ひなはうすぼんやりした味が好きだねえ」

母親の、笑うような歌うような、からかうような声音が耳元で聞こえて、雛子は肩をすくめた。いちじくとか枇杷《びわ》とか、雛子の好む果物を、母親はあまりたべなかった。

「ママはもっとぱっちりした味が好き」

そんなふうに言った。ぱっちりした味というのがどんな味のことなのか、雛子にはよくわからなかったけれども。

「そういえば」

架空の妹が言う。

「かあさんは、自分のことをずっとママって言ってたね。私たちがもうそう呼ばなくなったあとも。とうさんのこともずっとパパって呼んでたし。なんでだろうね」

架空の妹は、ぴょんぴょんと跳ねるように歩く。エネルギーがあり余っているみたいに。

「そういうのって、抜けないんじゃない？」

ぴょんぴょん歩くのに、必ず雛子より二、三歩うしろの位置にいる。ふり向かなければ見えない位置に。

「癖になると？」

「そう。癖になると」

架空の妹は、何か考えているようだった。きょうは蒸し暑い。雛子は握りしめていたハンカチで、首すじの汗をぬぐった。なくさないように気をつけなくてはと、自分で自分に言いきかせる。外出すると、雛子はすぐにハンカチをなくす。握りしめていると安心するので握りしめているのに、自分がそれを握りしめていることを、雛子はつい忘れてしまう。

「落ちましたよ」

それでしょっちゅう知らない人に、そう声をかけられる。

「気に入ってる癖だったかな」

架空の妹が言ったとき、彼女が何の話をしているのか思いだすのに、すこし時間がかかった。

「かあさん？」

「そう。かあさん」

駅に着き、雛子は財布から小銭をとりだす。

「どうかしらね」

とりだしながら言うと、

「どうだろうね」

と、妹も言った。知りようのないことだと雛子は思う。自分にも、妹にも。

「そうだといいわね」

それでそう言った。自動改札機を通りながら、

「そうだといいと思うわ」

と。架空の妹は返事をしなかった。雛子がふり向くと、

「ねえさん、パスモとか持ってないの？」

と、大袈裟《おおげさ》に驚いた顔で言い、あきれ顔をつくるのだった。

3

弟から電話がかかってきたとき、正直はきょうのゴルフの顛末《てんまつ》を、妻に話して聞かせているところだった。場所は宇都宮で、相手は大手デパートのバイヤー三人だった。若い人間が多く、天気はよく、接待だからといってゲームに集中しないような馬鹿者《ばかもの》

もいなかったので、気持ちよくまわれた。闘志を燃やした割には調子があがらず、気がつけば百十五も叩《たた》いてしまったのだったが、正直にとって、スポーツの醍醐味《だいごみ》は結果ではない。

「正直？　俺」

弟は言った。

「あしたのことなんだけどさ」

瞬間的に思いだす。あした。そうか、その日か。正直の身体《からだ》から、昼間ゴルフ場でさんざん吸った清澄《せいちょう》な空気も、グリーンの美しさも、靴裏で踏んだ芝や土の感触も、一気に抜けていった。

「やっぱり、だめ？」

意図したわけではないのだが、返事をする前に、不快な鼻息みたいなものがでた。

「しつこいぞ」

正直は言い、電話の横にいつも置いてある、握力をつけるためのゴムボールを握る。健康グッズ好きの妻が買ってきたもので、女性用かもしれなかったが、構わなかった。

「ごめん」

弟は素直に謝った。

「だったらいいんだ、一応訊いてみただけだから。何してたの？　絵里子さんと萌音ちゃんは元気？」

元気だとこたえた。

「よかった。ちょっと父さんに替るね」

正直は動揺する。声から不機嫌さを消さなくてはならない。気持ちを切り替えるということが、正直は昔から不得手だ。

「もしもし」

父親の、穏やかでたのしげな声が聞こえた。

「元気か？　積極的にやってるらしいじゃないか」

咄嗟《とっさ》に、きょうのゴルフについて言われているのかと思ったが、そんなはずもなく、

「田村さんが褒めていたよ」

と言われて、通信販売の件だとわかった。

「ええ、まあ」

曖昧にこたえる。

「仕事はさておき、俺は萌音ちゃんに、もう七日も会ってないぞ」

正直は微笑する。

「七日？　もうそんなになるのか。じゃあもしかして、歩くところは見ていない？」

沈黙がおり、正直は父親をからかったことを、たちまち後悔した。

「冗談ですよ。まだ歩くわけがない。このあいだ生れたばっかりなんだから」

父親は安堵《あんど》の苦笑をもらす。

「びっくりさせるなよ」

正直には、その気持ちが息苦しいほどわかった。自分自身の気持ちとおなじだからだ。赤ん坊は日々成長する。日々どころか時々刻々、理論上一秒ごとに変化しているわけであり、その一秒は、二度と後戻りしないのだ。ただ失われていく。そう思うと狂おしかった。どの一秒も見逃したくなかったが、もし見つめ続けたとしても、その瞬間の萌音をとどめ置くことはできない。見つめるそばから失われ、永遠に戻ってこないのだ。

娘を連れて、近々必ず遊びに行くと約束して、正直は電話を切った。

さっきまでそこにいた妻がいなくなっていた。夫婦の寝室に行くと、思ったとおり彼女はそこにいて、抱きあげた娘と一つのシルエットになっていた。

「起きたの？」

「うん。ぐずってるの」

夕方の寝室は暗く、赤ん坊の甘い匂い——ミルクではなく、もうすこし人工的な、ベビーパウダーとか、赤ん坊専用の洗剤とかの、鼻のなかがくすぐったくなる匂い——がした。萌音は、かぼそい声をぴなぴなと断続的にこぼしながら——泣き声というより鳴き声みたいだと正直は思う——、母親の腕に抱かれている。部屋の電気はつけずにおいた。赤ん坊を刺激したくなかったし、電気をつけて、その部屋の何か——夕暮れの平安、静謐《せいひつ》、妻と娘が一つに見えること、その調和——が損われることが恐《こわ》かった。

「誠くん、なんだって？」

絵里子が、萌音の背中をゆっくり、そっとたたきながら尋ね、

「べつに」

と、正直は短くこたえる。

「それよりも、父さんがもう萌音に会いたいんだってさ」

つとめて軽く、笑っちゃうよな、祖父《じじ》ばかで、という気配をかもしだしつつ言ったつもりだったのに、絵里子は笑って受け流すかわりに、

「じゃあこれから行く？　お夕飯をごちそうになりに」

と言った。なんでもないことのように。正直は胸を打たれる。さっきまで妻が台所

で、夕飯の仕度をしていたことを知っていた。美女で、健康で、堂々としていて、家事ができて、おまけに融通のきく妻を持っている男が、この世に一体何人いるだろう。正直は、自分の幸運がいまだに信じられない。弟の誠とは違って、正直は昔から、女性にもてはやされるタイプではなかった。これまでに、ガールフレンドと呼べる女性が全くいなかったわけではない。学生時代の一時期と、父親の会社に入社したばかりのころの一時期、正直にも〝つきあっている子〟がいた。けれどそれはただなんとなく、休みの日にデートをし、クリスマスには贈り物を交換し合っただけのことで、どちらの相手との交際も、何ら深みのあるものではなかった。愛の何たるかが、自分にはまるでわかっていなかったのだと、いまならばわかる。そして、でも、正直の人生には、こんな女が用意されていたのだ。

「車で行けばすぐでしょ」

細い腕で赤ん坊を重そうに抱き直しながら、そう言ってくれる絵里子が。

ただし正直には今夜、実家を訪ねるつもりはなかった。弟があした母親に会いにでかけるという、よりによってそんな晩に。

「今度でいいよ」

それでそう言った。

「いいの？」

念をおされ、「いい」と断じた正直は、いまやぱっちり目をさまして、泣き声でも鳴き声でもない奇声をよだれと一緒に乱発している娘の頰に触れた。小さな両手を、萌音はびくんびくんと突きあげて身体ごと動かす。まるで、抱かれたまま踊っているみたいに。

4

いちじくの木に、花は咲かないのだそうだ。ほんとうかどうか、雛子は知らない。夕食を終え、雛子はいま架空の妹と、いちじくをたべているところだ。窓をあけてあるので、向いのテニスコートで球を打ち合う音が聞こえる（夜でもテニスをする人がいるというのは、驚くべきことに思える）。

「えええー」

架空の妹は疑わしそうな声をだし、

「変じゃない？　そんなの。だって花が咲かないのに実がなるっていうのは、昔理科で習ったことと矛盾するよ」

と言う。

「それがね、この、中身のしゃわしゃわした薄赤い部分が花なんですって」

かつて、雛子はそう教わった。理科の授業でではなく、最後の恋人だった男に。

「えぇー」

架空の妹の声は依然として疑わしげで、

「ほんとーう？」

と語尾を上げてそれを表明する。雛子は、「さあ」とこたえるかわりに肩をすくめた。ぽーん、ぽーんと球を打つ音が続いている。

「不思議ね」

雛子は言い、音をもっとよく聞くために、目をとじてみる。

「テニスって、見ていると激しいスポーツに見えるけど、こうして音だけ聞いていると、のんびりしたスポーツに思えるわ」

ぽーん、ぽーんという音は長閑《のどか》で、ややもすると眠気さえ誘われそうだった。

返事はなく、雛子が目をあけると、架空の妹は窓から身をのりだしていた。

「やってるやってる。見える見える」

と言う。窓枠につかまり、上半身をすっかりおもてにだして、片足立ちになっている。深緑色のミニスカートに包まれた、架空の妹の小さな腰。

「あぶないわよ、あんまりのりだしちゃあ」

雛子の言葉は、聞こえなかったか黙殺されたかのどちらかだった。

「ひなちゃん来て、来て」

架空の妹は、昔の呼び方に戻って雛子を呼んだ。雛子は立ちあがって、窓辺に行く。

「やってみて」

一歩さがって雛子に場所を譲り、架空の妹は言った。

「だめだめ。もっと遠くまで顔をださなきゃ」

雛子は言われたとおりにする。昼間は蒸し暑かったのに、夜気はひんやりしていて気持ちがいい。道も空も木立ちも山も闇《やみ》に沈んでいるのに、テニスコートだけが発光しているようにあかるい。ボールが、音に合せて行ったり来たりするのが見えた。

「首をのばして、顔をできるだけ遠くにやって」

架空の妹が言う。

「そうそう。それで空気の匂いをかいでみて」

雛子は従う。夜気そのものの匂いにまざって、かすかにキンモクセイの匂いがした。どこかから風にのって流れてくるのだろう、ふいに消えたり、また感じとれたりする。気がつくと、雛子も片足立ちになっていた。

「私たち、よくこうやって雨の匂いをかいだね」

うしろで架空の妹の言うのが聞こえた。

「そうだったわね」

雛子はこたえ、室内にひっこむ。雛子も妹も、雨の匂いが好きだった。窓から離れれば離れるほど新鮮な匂いをかげる気がして、できるだけ遠くまで身をのりだした。

「びしょびしょになったね」

架空の妹が言う。

「とくに鼻とまぶたが」

と。濡《ぬ》れてもちっとも構わなかった。むしろ気持ちがよかった。雨足が強ければ強いほど、自分たちは守られていると感じられた。身をひきさえすれば、そこは屋根と壁の内側なのだから。

「とうさんに見つかると大変だったね」

「そうだったわね。大変だった」

窓から頭をつきだして、わざわざ雨の匂いをかぐ、という行為が、姉妹の父親にはどうしても理解できないらしかった。あるいは、理解はしていても承服できないことだったのかもしれない。「な……」とか「や……」とか、眉間《みけん》にしわを寄せて一音だけ口走り、有無を言わさず窓を閉める。「なにしてるんだ」とか「ばかなことを」とか、憤慨した様子で吐き捨てるのだったが、そのあとはやっぱり困った顔になった。どうしていいのかわからないような顔に。

「かあさんの反応はまた全然違ったね」

遠い日々のことを、架空の妹は次々雛子に思いださせる。

「びしょびしょの私たちを見ると、一瞬あっけにとられた表情になって、でもすぐに笑いだしちゃうの」

憶えていた。母親はたのしそうに笑った。娘たちの真似をして、窓から頭をつきだしてみることとさえあった。つきだすや否《いな》や慌《あわ》ててひっこめ、「いやだ、つめたいじゃないの。あなたたちよく平気ねえ」と言って、また笑いだすのだったが。

雛子は記憶を遮ろうとする。架空の妹に背を向け、残ったいちじくを冷蔵庫にしまうと、食器を流しに運んで洗った。

「もう遊ばないの？」

架空の妹が言う。

「そういうわけじゃないんだけど」

テニスの音は、いつのまにか止んでいた。雛子は窓を閉め、カーテンをひく。きょうの架空の妹は幼い。十四歳か、十五歳くらいに見える。

「あのね」

雛子は言った。

「あした、下の子がここに来るの」

と、架空の妹に向って。

そのことを考えるとおそろしかった。下の息子は大学生だ。法律を学んでいる。彼がここにやってくるのは三度目で、およそ半年ぶりだった。

「ああ、そのこと」

架空の妹は肩をすくめ、

「知ってる。だからひなちゃんきょう美容室に行ったんでしょう？　あんまり見苦しく見えないように」

と言う。

「そのあとセロリとかひき肉とかいろいろ買ってたし」

雛子は、どうしてだか恥かしくなる。いけないことをしたわけではないだろうと思うのに、恥かしさと罪悪感とを同時に感じる。

「いろいろっていうほどいろいろは買っていないわ」

言い訳のように言った。架空の妹は、

「まあね」

と、あっさり認める。

あなたには子供がいる？　雛子はそう訊いてみたいと思う。架空のではなく現実の飴子に。もし無事でいるなら、今年五十になるはずの妹に。

5

「ヤスケちゃん、すこし太りすぎなんじゃないかしら」

岸田徳子は、マルに耳掃除をしてやりながら、夫の泰三《たいぞう》に言った。泰三はクロゼットの扉をあけて、服選びに余念がない。

「フレンチブルは太りやすい犬種だって聞くけども、でもそれにしたってねえ」

曇り空だ。天気予報によれば、台風が近づいているらしい。

「ただでさえあの子は気管支系が弱いのに、このごろじゃ歩くだけでゼイゼイいっちゃって、かわいそうったらないじゃないの」

徳子の膝に顔をあずけて、マルはじっとしている。その重みと温かみを、徳子は幸福な気持ちで味わう。

「ねー、マルちゃん」

犬に対してしかださない声で言い、老犬の頭にそっと手をかぶせる。やわらかな毛と皮膚の下の、頭蓋骨《ずがいこつ》の感触を確かめる。頭蓋骨の形のいい犬なのだ、このマルグリットは。徳子は、これまでに十頭以上の犬を育てた。若いころは多頭飼いもしたし、保健所に収容された犬をひきとったりもした。けれど頭蓋骨の形は、マルがピカ一なのだった。

「あたたたたた」

小さく声をだしながら立ちあがり、使用済の消毒綿と綿棒を屑籠《くずかご》に捨てる。

「圭子さんにもそう言ってるんだけど」

圭子さんというのはヤスケちゃんの飼い主で、おなじマンションの二階の住人だ。

どういうわけか、引越してきてすぐ、徳子になついた。しっかりした女性ではあるのだが、犬のこととなるとからきしだめで、ひたすら甘やかしてしまう。犬を飼うのははじめてなのだと言っていた。ずっと飼いたかったのに、夫の丹野氏が許してくれなかったのだという（でもその丹野氏は、徳子の見るところ、いまや圭子さん以上に犬煩悩だ）。

「降るかな」

ふり向いて泰三が訊く。

「どうかしら。予報では、雨は夕方からって言ってたけれど」

八十歳にしてなお意気軒昂《けんこう》な泰三は、自分で決めて山奥——というほどでもないのだが、ずっと都心で暮してきた徳子には、何もなくて静かで淋《さび》しい山奥——に隠居したというのに、試写会とか茶話会とか、友人に呼びだされたとか昔の仲間の見舞だとかにかこつけて、しょっちゅう横浜や東京にでかけて行く。

「じゃあ、まあ、持って行くか。夕方には帰るつもりだけれども」

「つもりも何も、五時からビリヤードでしょう？」

「あッ」

と言ってぺろりと舌をだし、泰三は片手を自分の頭の上にのっける。ちょうど、徳子がマルの頭蓋骨を確かめるときにするように。

「丹ちゃんか」

困ったな、というように呟いた。丹野氏と泰三は気が合うらしく――というより、丹野氏が泰三に気を合わせてくれているらしく――、二人でときどき街に酒をのみに――あるいは歌を歌いに――行ったり、ビリヤード大会――これは街のではなく、このマンションの――にペアを組んで出場したりしている。

「奥の台、おさえとけって言うからおさえときましたよ」

徳子は言った。ここの娯楽室にはビリヤード台が三台あって、たいてい誰も使っていないか、使っていても一台か二台で、だからわざわざ予約をする人はいない。変なところが几帳面《きちようめん》で、心配性な泰三の他には。

「ウィ、ウィ」

こたえて泰三は廊下にでる。下駄箱《げたばこ》をあける音に続いてハナ唄《うた》が聞こえ、狭い框《かまち》に腰をおろして、これから履いてでかける靴を磨いているのだろうと、見なくても徳子にはわかった。

3 愛について

I

雨が降っている。バスのワイパーは巨大で、動くたびにバサ、バサ、と音を立てる。誠は一番前の座席にすわり、窓の外を見ている。道路も、住居も、その向うの海も灰色に煙っていた。新幹線に五十分、バスに二十分揺られただけで、景色はこんなに鄙《ひな》びるのだ。

母親に会いに行くのは、正直なところ気が重かった。濡《ぬ》れた傘と湿った衣服、それにディーゼルエンジンの混った、不快な匂《にお》いが立ちこめている。母親が家をでて行ったとき、誠は十二歳だった。予感も予兆もなく（あるいは、あったとしても誠には感じとれず）、それは、ほんとうに突然のことだった。結局、母親には男がいたのだ。

家族を捨て、その男の元に走ったのだったが、当時誠にはそれは知らされなかったし、ただ「いなくなった」としか認識できなかった。それでも、周囲の大人の言葉の端々から、そこに不貞の匂いをかぎとれないほど幼くはなかったし、とくに祖母の辛辣《しんらつ》な口ぶりから、母親がもう帰ってこないこと、というより、帰ってきてもだめなこと、をはっきり知っていた気がする。母親の連れ子であり、当時すでに成人していた兄の正直は猛《たけ》り狂った。無論その気持ちは想像するに余りあるが、誠自身は、そのすべてを、どこか他人事《ひとごと》のように感じていた。あの母親が、自分に会わずにいられるはずがない。そう確信していた。家に帰ってくるかどうかはわからなかったが、自分には会いにくるし、会えばたぶん、懐疑や混乱を一掃する説明――筋の通った、聞けば誰もが理解し、納得するような何か――があるはずで、だから自分はただ待っていればいいのだと思っていた。待っていても、そういう日は来なかったわけだが。

ジーンズのポケットから、携帯電話をだしてひらく。

「雨だね。もう起きた？　B・Wで直接会うのでもいいけど、きょうはバイトないから、新幹線の時間を知らせてくれたら、駅まで迎えに行ってもいいよ。早く帰ってきてね。そして、おかーさんにやさしくしてあげなね。亜美」

今朝届いたメールを読み返し、ついでに、「おう」という一言だけの、自分の打った返信も読み返す。そして、これはあれに似ている、と思った。歯医者に行く前の気持ち。行きたくない場所だが、そこで起ることはわかっている。じきに終り、自分が無事にでてくることも、行かないより行く方がいいのだということも。

バスを降り、ビニールの傘をさした。道幅の広い、緩やかな坂をのぼりきれば、そこが母親の住む施設だ。入口脇《わき》の、練鉄製のベンチが濡れそぼっていた。ロビーにはホテルのようなフロントがあり、格子柄《こうしがら》の制服を着た受付嬢が二人いる。事前に電話をしてあってもなお、訪問者カードに記入する必要があり、それを済ませてようやく、入居者の家族であることを示す、ピンク色のバッヂがもらえる。

母親の部屋は二階にある。そこに行くまでのあいだ、すれちがう人たちがみんな会釈《えしゃく》をしてくることも、好奇心ありありの表情でこちらを不躾《ぶしつけ》に見ることも、誠には異様に思えた。

チャイムを鳴らすと、すぐにドアがあいた。

「いらっしゃい」

七か月ぶりに会う母親が、笑顔で言う。部屋のなかは食堂車みたいな匂いがし、ごくしぼった音量で、テンポの早いピアノ曲が鳴っている。

「どうぞ。坐《すわ》って」

片方の壁際《かべぎわ》には大きなカップボードとピアノがあり、反対側の壁は一面、造りつけの本棚になっている。茶色い革製のソファに腰をおろすと、空気のもれるやわらかな音がした。この部屋の家具はそこそこ重厚だが、ピアノ以外すべて備えつけで、何一つ母親の好みを映していないことを誠は知っている。入居時に、立ち合った（というか、傍観していた）からだ。

「元気そうじゃん」

つとめて軽い口調で、誠は言った。

「これ、父さんから」

店の紙袋をさしだす。白地に紺色で、ハンコのように店名が記された、誠にとっては子供のころから見馴《みな》れすぎている紙袋だ。

「あら、なつかしい。最中《もなか》？」

「うん」

最中は、父親が三代目を継いだ和菓子屋の、昔からある看板商品だ。

「ミートソースを作ったの。誠、好きでしょう？」

母親を「元気そう」と言ったのは、社交辞令ではなく本心だった。二年半前、病院で再会したときの母親は死人のようだった。栄養失調で、衰弱が激しく、おまけにアル中寸前だと聞かされた。意識を取り戻したあとも無表情で、声はほとんどでていなかった。顔も身体《からだ》も固く縮んだように見え、長い髪が汚らしくもつれ、肌が黄ばんでいた。誠には、母親がでて行ったときよりも、帰ってきた（あれをそう呼べるなら）ときの方が耐え難かった。信じられなかったし、一方で、どうしようもなく腹が立った。記憶のなかの母親――快活で、愛情深く、いつでも父親を笑わせることができ、子供だった自分を泣きやませることもできた、きれいな、やわらかい身体の、そばにいることがあたりまえだった人間――は、もうこの世のどこにもいないのだと思い知らされた。そんなものは、はじめから存在していなかったのかもしれない。

「どうしてるの？　大学はたのしい？」

小さなキッチンから母親が尋ねる。

「お父様やおばあちゃまはお元気？」

誠はソファから立ちあがり、ぶらぶらとキッチンに行く。

「正直、子供生れたよ」

携帯電話をとりだして、姪《めい》の写真を探しながら言った。母親は何も言わない。

「ほら、これ。萌音ちゃんっていうんだ。父さんはもうめろめろだよ」

受けとった携帯電話を両手で持って凝視して、

「そうなの」

とだけ呟《つぶや》く。自分に孫ができたことも知らない母親を、誠は哀れだと思う。

ミートソースのかかったスパゲティと胡瓜《きゅうり》サラダ、という昼食を、小さなテーブルに向い合ってたべる。

「お酒、のめるんでしょう？」

母親は言い、赤ワインの栓を抜いた。

「それで、あなたはどうしてるの？　何か話して」

そう言われても、何を話していいのかわからなかった。

「すごく日に灼《や》けてるのね」

「夏だから」

誠はこたえる。実際には、もう秋なのかもしれなかったが。

「大学では、どんなお勉強をしてるの？」

「法学部だから、法律」

「あ、チーズ」

母親は言い、立ちあがる。

「買っておいたのに、忘れてたわ」

四角いおろし器と、塊のままのチーズを手渡され、誠はそれをおろす。チーズはいきなり半分に折れた。力を入れすぎてはいけないことがわかったので、そのあとはそろそろとおろした。窓の外は依然として雨が降っている。食事の前に母親が一度CDを替えたが、今度のもやはりあかるい旋律のピアノ曲で、誠には最初のものとおなじように聞こえる。

「彼女とか、いるの？」

尋ねられ、

「いない」

とこたえたのは、いる、とこたえて、今度連れていらっしゃいと言われたら面倒だと、咄嗟《とっさ》に判断したせいだ。

ミートソースは濃く、味がよかった。母親はあまりたべず、ワイングラスをずっと手に持っている。極端に短い髪、白地に同色の水玉の散ったブラウスと、こげ茶色のスカート。ブラウスは袖《そで》がふくらんでおり（ちょうちんそで、と母親は呼んでいた）、誠が子供だったころから、母親が似たような服を好んで着ていたことを思いだした。

「ピアノ、弾いてるの？」

他に言うべきことを思いつかず、誠は訊《き》いた。

「たまーに」

母親はこたえて、微笑《ほほえ》む。年をとっているのに、同時に心細い子供みたいにも見える微笑みだった。

「私は、でも飴子おばちゃまほど上手には弾けないから」

飴子おばちゃま。誠はほとんど無意識に、最初からそこにあることに気づいていた、一枚の写真に目をやった。若い、おそらくいまの誠とそう変らない年齢の、娘が二人写っている。実家にもずっと飾ってあったので、誠もよく見知っている写真だ。雪景色のなかにならんで立って、大きく笑っている姉妹。結婚が早かった母親の、独身最後の冬。叔母はまだ学生だったはずだ。二人でイギリスを旅したときのスナップだというそれは、ひどく小さい。ひどく小さい額縁に、合せて切ったのだろうと思われる。

「昔はよく弾いてたじゃん」

誠は言った。

「夕食のあとに、父さんがリクエストした曲をすらすらっと」

実家の、居間のピアノの上に、この写真は飾ってあった。

「そうね。昔のことね」

視線を手元におとして母親は言い、グラスのなかのワインを揺らす。

行方不明になったというその叔母に、誠は一度も会ったことがない。正直は、小さいころ可愛《かわい》がってもらったらしいのだが。

「男で身を持ち崩す家系なんでしょうよ」

祖母はそう言っていた。

たべ終えた食器を運ぼうとしたが、

「いいのよ」

と母親に言われた。

「放っておきなさい」

と。

「酒、どのくらいのんでるの？」

尋ねたのは、母親がグラスを放そうとしないからだ。中身は大して減っていないが、痩《や》せた手で、脚の部分をきつく握りしめている。

「すこしよ。毎日ほんのすこし」

信じていいのかどうか、わからなかった。

「救急車とか、病院とか、冗談じゃないからな」

それでそう言ったが、つっけんどんな口調になった。母親は首をかしげる。

「大丈夫よ。あんなふうにのむ体力、もうないもの」

誠には理解できないことだったが、声音に、なつかしさが混っているような気がした。生死にかかわるほどの出来事が、いい思い出であるはずもないのに。

「ねえ」

母親が言った。

「誠は、小人を見たことがある？」

「は？」

玄関チャイムが鳴り、その異様な質問にはこたえずに済んだが、この人は大丈夫だろうかと誠は思う。頭が変なのだと祖母は言っていた。そういうわけではないと父親は言ったが——あの人は、籍を抜いたいまも母親に未練があるのだろうか——、人間として最低だと正直は言う。誠にはわからない。わからないが、一つだけ母親に感謝していることがあった。それは、彼女が謝らないことだ。突然家をでたことについても、あんな姿で戻ってきたことについても。

「誰だったの？」

「お隣の人」

母親はこたえ、にっこりする。

「ビスケットを持ってきて下さったの。いま紅茶をいれるわね」

カップボードをあけ、紅茶茶碗《ぢやわん》を二客とりだしながら言った。

2

でかけたと思ったら追い返されてきたらしい夫は、

「来客中だった」

と言ってテレビの前に坐る。

「来客って、ご家族？」

興味深いことだった。隣室の女性は、家族に絶縁されているという噂《うわさ》なのだ。このマンションでは、噂はそれこそ野火のように広がり、すぐにべつな噂にとって替わられるとはいえ、そのあとも、どこかでしつこくすぶり続ける。

「さあ。そこまでは訊かなかったけど」

のんびりと夫はこたえ、圭子は物足りなかったが、夫のそういうところ、マイペースで、猥雑《わいざつ》な世間からは距離を置こうとするところ、にこそ自分が惹《ひ》かれていることもわかっていた。安心できるのだ。圭子自身が、人一倍世間を気にするせいかもしれない。噂、悪意、無責任な声。世間はほんとうにおそろしいのだ。

「じゃあ、早目にお買物に行かれる?」

刺繍針《ししゅうばり》を持つ手を止めて尋ねると、夫は、

「構わないよ」

とこたえた。買物には、夫が隣室から戻ったあと、夕方に行く予定になっていた。単なる食材の買出しだが、週に一度、夫の車でスーパーマーケットにでかけることが、ここに引越して以来、圭子には大切な習慣だった。外の風にあたること。知らない人たちを見ること。季節の移り変りを知り、物の値段を確かめること。自分たちがまだ社会の一員だと感じられること。

「よかった」

圭子はこたえ、針を布にさして止めると、作りかけの作品——小さな家と庭、花の咲いた木、地面に寝そべった犬と屋根の上の猫。すべてクロス・ステッチで、上部には「SWEET HOME」と飾り文字が入る。姪への結婚祝いで、つや出しをした木製の額に入れて贈るつもりだ。おなじものを、圭子は自分の子供たちの結婚祝いにも贈った。夫の龍次は建築家なので、この図柄と「SWEET HOME」という言葉には、若い人たちの門出を祝う気持ちと夫の職業への誇り、という、いわば二重の意味があるのだ――をバスケットにしまう。

「じゃあ、徳子さんに電話してみるわね。何か要り用なものがないかどうか」

買物メモは、もう用意してあった。一週間分なので、結構な量なのだ。このマンションには立派な食堂があり、完全予約制だが、予約をすれば三食ともそこでたべることができる。けれど圭子は、そこを利用することだけは絶対に嫌だった。徳子さん夫妻はよく利用していて、「栄養バランスのいい献立てで、味も悪くない」らしいのだが、要は老人食じゃないの、と圭子は思う。部屋には一応キッチンがついているのだし、自分と夫の日々たべるものくらい、妻として自分が管理したいと思うのだ。だから買物が必要になる。

「徳子さん、一緒に来るって」

電話を切り、圭子は夫に言った。

「御主人、東京に行っちゃって、親戚《しんせき》のお家《うち》に泊るみたい。暇だから、一緒に来るって」

「ふうん」

というのが夫の返事だった。岸田氏とは仲がよく、きのうも一緒にビリヤードをしていたのだから、動向をもっと把握していてもよさそうなものなのに。圭子は寝室に移動し、鏡台の前に坐って化粧を直す。ベッドの上から、ヤスケが不興げな視線を寄越す。でかけることを察知したのだ。

「いいのよ。すぐ帰ってくるから大丈夫。おんもは雨よ。いい子でおるすばんしてなさい」

声をかけると、あきらめたように、ベッドカバーにまた顔を埋《うず》めた。

岸田氏は、しょっちゅう家を空ける。圭子には、徳子さんがそれを不満に思っていないらしいことが不思議だった。「あの人はもう放っとくしかないの」乾いた（あるいは嗄《か》れた、かもしれない）笑い声と共に、そんなふうに言う。「いまじゃ大して悪いこともできやしないんだから」と。かつては名の知られた声優だったという岸田氏は、若いころ、女性関係も派手だったらしい。「さんざっぱら泣かされたわよ」と徳子さんは言っていた。「あっちにふらふら、こっちにふらふら。でもいつのまにか、ちゃっかり戻ってきてるの」

圭子には、信じられないことだった。夫婦は、信頼がすべてだと思っている。そして、その点でも、自分の夫選びは正解だったと思うのだった。

雨は、だいぶ小降りになっていた。スーパーマーケットは混んでいて、床が濡れている。メモを手に、圭子は食材を次々カートに入れた。レタス、きゃべつ、玉ねぎ、きのこ五種、長ねぎ。卵、油あげ、牛乳、ヨーグルト。笹《ささ》がれいの干物、めざし。牛ランプ肉のかたまりは七百グラム切ってもらい、豚バラ肉はパックに入ったものを選んだ。

「これ、いいかな」

そのあいだにも夫がおずおずと尋ね、ぶどう一房とオイルサーディンの缶詰、それに出来合のちくわ天を追加する。

「まあ、すごい。あなたがた、たくさん買うのねえ」

驚いたようにそう声をあげた徳子さんも、

「この際だから、重いものを買う」と張り切って、ワイン半ダースとアメリカ製のドッグフードを選んだ。調理する必要のある、ちゃんとした食材はほとんど買わず、他人の生活はわからないものだと圭子は思う。階下《した》の食堂を利用しないとき、岸田夫妻は一体何をたべているのだろう。

徳子さんは、それでも買物をたのしんでいるようだった。買う気もないのにコーヒーを試飲したり、何かの箱（あとでクスクスだとわかった）を手に店員をつかまえて、これはどうやってたべるのかと尋ねたりした。圭子は微笑む。徳子さんにはいろいろお世話になっている。マンションの住人および従業員のなかで、誰と誰に気を遣うべきか教えてもらったし、往診してくれる獣医さんを紹介してももらった。

雨は、小降りになったとはいえまだ降っていたので、駐車場まで、圭子は夫ではなく徳子さんに傘をさしかけて歩いた。そして息を呑《の》んだ。徳子さんの押しているのが、店内専用のカートだったからだ。

3

雛子はＣＤをルー・リードに替えた。

「ひさしぶりだね、これ」

息子が来ているあいだ姿を見せなかった、架空の妹が言う。

「昔、ねえさんこの人の曲ばっかり聴いてたね。おかげで私も覚えちゃった。タイトルは知らないけど、サビの部分は歌えるし、なつかしいよ」

ピアノの椅子《いす》から立ちあがり、『VICIOUS』を口ずさんだ妹は、音楽に合せて腰をふり、曲の終りに片手をつき上げてみせる。

「ねえさん、この人のアルバム何枚持ってるの？　六番街のレコード屋に、しょっちゅう行ってたよね」

憶《おぼ》えていた。小さいけれどいいレコード屋で、ルー・リード以外にも、たくさんの音楽に、雛子はそこで出会った。ＬＰ盤は高価だったので月に一枚しか買えなかったが、お金のないときにも足繁《あししげ》く通ったのは、レコードに囲まれたその場所が好きだったからだ。未知のものがこんなにある。そう思うと嬉《うれ》しかった。

「さあ、どうだったかしら」

雛子はこたえる。

「いま持ってるのはこの一枚きりよ。ＣＤだもの、買い直したものなの」

大量にあったレコードは、母親が死んだときに実家ごと処分してしまった。妹が残して行った身のまわり品も一緒に。

「あ、これ」

架空の妹は言い、『WALK ON THE WILD SIDE』の、歌詞ではなく、「ドゥ、ドゥドゥ、ドゥル、ドゥッドゥル」という囁《ささや》きのようなコーラスのような部分だけ真《ま》似《ね》る。

雛子がこのCDを買ったのは、夫と息子たちのいる家をでて、最愛の――すくなくとも当時はそう思っていたのだ――男と暮し始めたころだった。輪郭のきれいな、正直な男だった。物識《ものし》りで、情熱的な男でもあった。

もしもあのとき家庭にとどまっていたら――。考えても仕方のないことなのだから考えまい、と決めていることを、雛子はついまた考えていた。人生は違ったものになっていただろうし、息子たちとの関係も、こういうふうではなかっただろう。

「でもさ、誠くん、立派に育ってよかったじゃん」

架空の妹が言う。きょうの彼女は水色の、ギンガムチェックのワンピースを着ている。昔、母親が姉妹にお揃《そろ》いで縫ってくれたものだ。

「ほんとうにね」

雛子は認める。他に何を言えるだろう。

「私、孫がいるのよ」

唐突に思いだし、雛子は言った。雛子にとって、それは驚くような戸惑うような事実だったが、架空の妹は動じず、

「そうみたいだね。おめでたいじゃん」

と、あっさりと言う。

「子孫繁栄はいいことだよ」

と。

雛子は食器を流し台に運んで洗う。おそらく架空の妹の言うとおりなのだろうと思った。子孫繁栄は、単純にいいことなのだろう。

「ねえひなちゃん、これたべていい？」

架空の妹が、紙袋を持ちあげて訊く。かつて、雛子が「うちの」と言ったり考えたりしていた、最中の入った紙袋だ。

「もちろんよ。どうぞ」

こたえると、架空の妹はばさばさと派手な音をたてて、箱から包装紙を破りとった。

「お茶、いれて」

と言う。雛子は従い、緑茶をいれる。午後五時、雨はやんだようだ。

妹――架空のではなく現実の飴子――がいなくなったのは、雛子が再婚した年の夏だった。雛子よりも夫の方が慌《あわ》てて、警察に失踪届《しっそうとどけ》をだしたあとも、人捜し専門の会社に依頼して、調べさせようとしてくれた。雛子が止めなかったら、実際にそうしていたはずだ。妻にとって妹がどれ程大切な存在か知っていたし、その妻は妊娠八か月で、彼にしてみれば、最大限の保護を必要とする状態だったのだから。雛子は、けれどそのときには妹の居場所を知っていた。妻子持ちの男と駆け落ちをして、神戸にいるのだった。全く用意周到な駆け落ちで、実行したときには住む場所も、それぞれの仕事も決めてあった。それを知っているのは雛子と母親だけだったし、妹に固く口止めされてもいたのだが、心底心配してくれる夫に、嘘《うそ》をつくことはできなかった。それで話した。

夫は呆《あき》れたようだった。そんなことをした妹にも、それを許した雛子と母親にも。でも、と雛子はいまでも思う。でも、あの子を止めることなどできただろうか。一人の男を信じきってしまった飴子を？　止めるのが正しいことだったのだろうか。あのとき、飴子は三十一歳になっていた。自分の人生を、自分で決めてもいい年齢ではないのだろうか。

飴子と男はしばらく神戸で暮していたが、男が妻子の元に突然戻り、その二年後に飴子が今度はほんとうに行方不明になったとき、夫も警察も、もう以前のようには心配してくれなかった。

妹が神戸にいた三年半のあいだ、雛子は一度も訪ねて行かなかったし、妹も訪ねては来なかった。年賀状のやりとりと、年に二、三度の電話。それだけだった。雛子には新しい家族があり、必ずしも歓迎されたわけではないその場所に、抗《あらが》いながら順応するだけで精一杯だった。自分の人生に、もし後悔することがあるとしたら、それはあのとき妹と疎遠《そえん》になったことだと、雛子は思う。

「おいしい?」

立ったまま最中をたべている架空の妹に雛子は訊く。架空の妹は、にっこりしてうなずき、さらに親指も立ててみせる。歩きまわり、窓の前に立つと、口をもさもさせたまま、

「きょうは誰もテニスしていないね」

と言う。

「雨だもんね」

と。

雛子は、現実の妹と最後に電話で話したときのことを憶えている。

「いいかげん、こっちに帰ってきたらどうなの」

雛子が言うと、妹は、

「でも、私はここで、彼が帰ってくるのを待ってなきゃ」

とこたえた。小川、というのが妹と駆け落ちした男の名前だ。小川光樹。妹とおな

じバンドのベーシストで、小柄な、おとなしそうな、顔立ちのきれいな男だった。神戸ではバーテンダーをしていたが、妻子の元に戻ってからは、どこかの企業に再就職していた。妹の失踪後、雛子がたびたび連絡することに腹を立て、飴子とのことは過去だと言った。飴子の失踪に、だから自分は何の関係もないと。

まだ六時前だが、窓の外は夜のように暗い。昼間の残りのワインを、雛子はグラスにつぐ。

「ねえひなちゃん、正直のお嫁さんてどんなひと？」

尋ねられ、雛子は、

「さあ」

とこたえる。一度も会ったことがないのだ。

「でも、前に誠に見せてもらった写真ではきれいなひとだったわ。結婚式の写真だったから、晴れ姿だったというのを差し引いてもね、きれいなひとだったと思うわ」

でもなぜ？　と問うと、架空の妹は肩をすくめて、

「べつに」

と言った。しばらく黙り、

「私たち、あの子にたくさん童謡を歌ってやったわね」

と続ける。

「カモメの水兵さんとか、この道とか、大寒小寒とか、あの町この町日が暮れるとか」

題名も出だしも一緒くたにして架空の妹が言い、

「あの子はだあれとか、月の砂漠とか」

と雛子も言った。正直は身体の弱い子供だった。喘息《ぜんそく》持ちで、癇癪《かんしやく》持ちでもあった。父親が若くして病死しているせいもあり、無事に育ってくれるのかどうか、随分あとになるまで心配だった。

「かわいいかわいい魚屋さんとか、おもちゃのマーチとか、犬のおまわりさんとか」

架空の妹はなおも列挙する。小さかった正直を、飴子はかわいがっていた。叔母だから甘やかすの、しつけは姉さんに任せる。そんなふうに言っていた。

「わたしの人形とか、森の小ヤギとか、さっちゃんとか、海は荒海とか」

ふいに記憶に耐えられなくなり、雛子は、

「やめて」

と呟く。目を閉じて、架空の妹の声ではなく現実の、いま部屋を満たしている音に意識を集中しようとする。リピート再生にしてあるルー・リードが、『パーフェクト・デイ』を歌っていた。自信に満ちてはいるが、一方でどこかかすねたようにも聞こえる声。雛子が、現実の男たちに出会う前に出会い、一心に、耳も心も澄ませて聴き入ったときのままの声だ。そう、たしかに六番街のレコード屋で買ったのだった。十代の半ばで、世界も音楽も未知のものとして目の前にあった。未知の、けれど自分の味方に違いないものとして。

気がつくと、架空の妹はいなくなっていた。受けとったときのまま、勿論《もちろん》誰も中身をだしていない、白い紙袋がソファの足元に置かれていた。

4

B・Wは、伊勢佐木《いせざき》町にあるアメリカン・ダイナーで、おもての看板にはSINCE 1985とあるから、亜美が生れる前から存在する、かなりな老舗《しにせ》だ。亜美と誠の、最近のお気に入りデート・スポットでもある。駅まで迎えに行こうかと提案したのだが、夕方かかってきた電話で、店に直接行くからいいと言われた。それで、奥のテーブル席に坐り、ガラス越しに夜の街路を眺めながら、亜美はいま誠を待っているところだ。

誠が、きょうお母さんに〃面会〃しに行ったことを亜美は知っている。それが誠にとって、愉快とはいえないイヴェントであることも。亜美の意見では、誠には〃面会〃に行く義務なんてないのだ。でも、正義感が強くて心根のやさしい男の子である誠は、正直さんみたいに知らん顔ではいられないのだ。かわいそうに、と亜美は思う。「性格とはその人の運命である」と言ったローマ人がいたことを、すこし前に哲学の授業で習った。

私のつとめは、と、レモンスライスの浮いたコーラを啜《すす》りながら亜美は考える。私のつとめは、彼に、もう終ったよと教えてあげることだ。よくやりました、でももう終ったよ、ここはいつもの場所だから大丈夫、お帰りなさい、ここには私がいるよ、と。もし誠が望むなら、店をでてからラブホテルに行ってもいい。心と身体の全部を使って、こっちの世界に連れ戻すのだ。誠は、そうするだけの価値のある男の子だと亜美は思う。何といっても恰好《かっこう》いいのだ。健全な精神が、健全な肉体に宿っている。

「悪い」

十五分遅れてやってきた誠は、軽く謝って向い側に坐った。

「早く着きすぎたから、関内《かんない》をぶらぶらして本屋とか見てたら、遅れた」

説明し、ビニールの小袋をテーブルに置く。いかにも無造作に。

「なに？」

尋ねると、

「亜美の欲しがってたもの。ドラッグストアで見つけたから」

とこたえる。

「すみません」

すぐに店員を呼び、

「コーラもう一つ。それからメニューください」

と続けたので、亜美は感謝した。贈り物をあけるところを、じっと見られるのは苦手なのだ。それはネロリオイルだった。すっきりとした四角いボトルに入っている。美容液オイルだけれど、いい匂いなので香水としても使える（と、雑誌に書いてあった）。

「うれしい！　ありがとう」

亜美は言い、それだけでは不十分な気がして、小袋に戻したボトルにキスをした。むん、ぱ、と、わざと音を立てて。ほんとうはボトルではなく誠にキスをしたかったが、人前でそんなことをするほどお行儀の悪い女の子にはなれない。でも、愛は噴出していた。贈り物をもらったからじゃなく、亜美がそれを欲しいと言ったことを、誠が憶えていたからだ。

「それで？　〝面会〟はどうだった？」

贈り物を鞄《かばん》にしまい、料理を注文し終えたところで亜美は訊いた。

「お母さん、元気だった？」

うん、と誠はこたえる。

「元気だったと言えるだろうな。なんとなくいっちゃってる感じもしないでもなかったけど」

と。重ね着したTシャツにジーンズ、という恰好の誠の、手首にはピンクの紐《ひも》が巻かれている。亜美とお揃いの腕輪だ。

「元気なら、よかったね」

亜美は言った。率直に言ってその女性には、元気である以上のことを望む権利はない気がした。

「誠くんのお父さんは、でも、やさしいね。離婚したのに、まだ面倒見てるんでしょう？」

「見てるっていうか」

誠は口ごもる。

「捨て置くわけにもいかないし、まあ、離婚とひきかえにあそこに入れたって感じじゃないかな」

十六万円だったんだって、と誠は言った。

「え？」

「あの人、倒れたとき銀行に、十六万円しか持っていなかったんだって」

亜美は返答につまる。気の毒な女性であることは認めなくてはならないだろう。男の人と暮すために家をでたのに、その男の人が自殺してしまうなんて。

「アルバイトで、働いてはいたらしいんだけどね」

話題を変える潮時だと亜美は判断する。

「新幹線、混んでた？」

尋ねると、

「空《す》いてた」

という返事だった。

「今度、新幹線に乗ってどっか行こうよ。大阪とか、京都とか、博多とか」

亜美は言い、

「誠くんと食い倒れたいな。それで翌朝は早く起きて、登山とかするの」

と続ける。登山は、最近の亜美がほんとうにしてみたいことだった。体力には自信があるし、誠と一緒なら百人力だ。それに、登山グッズはデザインがかわいい。

「食い倒れて登山？」

誠は笑う。

「変だろ、それ」

「変？　そうかな。いいと思うけどな」

氷が溶けて薄くなったコーラを、啜りあげて亜美は言った。この店の電球はオレンジ色の笠《かさ》つきで、外から見ると、ガラスごしにあたたかげな光をこぼしていることを、亜美は知っている。その店内に、自分が誠といることが嬉しかった。

「登山なら、やっぱり富士山じゃないの？　それか、軽井沢とか」

誠が言い、どこでもいいと、亜美は思う。一緒なら、どこでもいい。

自分と誠がいつまで一緒にいられるかはわからないけれど――だって、そんなことわかりようがあるだろうか。学生時代の恋人と、そのまま結婚する人がどのくらいいるだろう。そういうことに関して、自分は現実主義者なのだと亜美は思う――、いまここにある愛はたしかで、ほんとうに、あまりにもたしかで、そのことに亜美は自分で感動する。

食事が済み、次はホテルかなと考えていると、

「あのさ」

と、誠が言った。

「亜美、小人って見たことある?」

と。

5

風呂《ふろ》からあがると、妻はまだ起きていて、例の刺繍に熱心にとりくんでいた。すでに風呂を使ったあとなので、化粧を落した顔はクリームでてらてらしている。龍次は、妻が寝しなにつけるそのクリームの、匂いが好きだった。心が安まる。

「まだ寝ないの?」

ヤスケをどかし、犬の体温であたたまったベッドに入りながら訊くと、

「もうすこしだけ」

と妻はこたえた。ヤスケが、待ってましたとばかりに布団《ふとん》にもぐり込んでくる。龍次は、自分が犬を飼う日がくるとは思ってもいなかった。絶対に無理だと思っていたし、妻にも最初から禁じていた。

「でも、ほんとにショックだったわ」

妻が言った。

「徳子さん、しれっとしてるんだもの」

またその話か、と龍次は思う。岸田夫人が店内専用のカートを駐車場まで持ちだしていた、というその話は夕食のときに聞いたし、龍次に言わせれば、全然大したことではない。

「ショックは大袈裟《おおげさ》だろう」

それでそう言った。

「あら、ショックですよ」

妻は譲らない。

「それは店内専用よって教えてあげたのに、だってそっちのは重くて扱いにくいもの、って言って、平気の平左なんだもの」

龍次はいつも横向きで寝る。しかし今夜はなんとなく寝苦しく、仰向《あおむ》けになってみる。夕食のローストビーフが、まだ腹に重いせいかもしれない。

「私はずーっと不思議だったの」

妻はまだ何か言っている。

「一体どういう人が、こんな簡単なルールも守れないんだろうって。それが徳子さんだなんて、ショックもショックよ」

だいたい、とさらに続ける。龍次は、太腿《ふともも》にのしかかるヤスケの重みと、たるんだ皮膚の感触に安心を感じる。安心と信頼を。犬は、というかすくなくともこの犬は、龍次の味方だ。それは大きなことだった。ある種の赦《ゆる》しだと感じられる。

「御主人があんなに家をあけるっていうのは……」

徐々に眠気をもよおしてきた龍次の耳には、妻の声が子守歌のように聞こえる。

「……だからね、淋《さび》しさが人をぎすぎすさせるんだと思うのよ」

ヤスケの寝息に合せるように、龍次も眠りに引き込まれていく。龍次にとって日常はそれだけで恩恵であり、自分でもそのことを、知りすぎるほど知っているのだった。

4
小人たち

I

なつきは小人を見たことがある。最初は、日本で通っていた幼稚園のトイレでだった。壁の、高い位置に小さな窓があって、小人はその窓の枠に、一人で立っていた。なつきは手を洗っているところで、他に、園児はたまたま誰もいなかった。小人、という言葉はすぐにはでてこなくて、ニンゲン、と思った気がする。ニンゲン、と、驚きのあまり声もだせずに。

体長六センチか七センチ、たぶん、当時のなつきの手のひらにのる大きさだった。服は着ておらず、完全な裸で、毛深かった。憶《おぼ》えているのは、顔に深いしわがあったことだ。深いしわのある、男の人の顔だった。蛇口の水を止めることも思いつかず、なつきはただそのニンゲンを見つめた。不思議と、こわいとは思わなかった。びっくりして、それに興味深くて、目を離すことができなかった。小さな男の人もなつきを見ていた。つまり互いに見つめ合ったのだ。何秒か、何十秒かのあいだ。ハンドルを回してあける方式の窓はすこしだけあいていて、でも外が見えるほどではなかった。曇った日で、トイレは静かで薄暗く、蛇口からでる水の音だけがしていた。白と灰色とクリーム色、それにすこしの銀色でできたトイレは、幼稚園のなかで、なつきの気に入っている場所だった。一人になれる唯一《ゆいいつ》の場所だったし、家の洗面台は椅子《いす》にのらないと鏡が見えないのに、そこのは床に立ったまま、ちゃんと鏡が見られたからだ。

小さな男の人は驚いているようだった。それに、気が咎《とが》めているようでもあった。すまなそうに首をすくめていた。

ドアがあき、他の子供が入ってきた。なつきがそちらを見たのはほんの一瞬だったのに、目を戻すと、窓枠の上の男の人はいなくなっていた。

小人。あの小さなニンゲンにぴったりの言葉を思いだしたのは、あとになってからだ。それからずっと——卒園まで——、なつきはトイレに入るたびに周囲をじっと見て探したが、小人には二度と会えなかった。だから、もし、もう一度べつな場所で、べつな小人を見なかったら、なつきは、あの日幼稚園のトイレで見たものについて、こんなに自信が持てなかったかもしれない。うんと小さいころのことだし、そのうち忘れてしまったかもしれない。

「このりんご、ほんとにおいしい」

母親が言った。なつきはいま、両親と、親友のドリューと、ドリューのお母さんと一緒に公園に来ているのだ。スタンレーパークという名前のこの公園は広くて、森も海水浴場もある。

「こっちのりんごは、日本のみたいに大きくも甘くもないけれど、香りがよくて新鮮ね」

夏のあいだ、なつきたち家族はここに何度もピクニックに来た。でも、それも今年はこれで最後かもしれないなとなつきは思う。きょうみたいによく晴れた日でも、空気がひどくつめたくて、秋というよりもう冬みたいで、みんなコートを着たままサンドイッチをたべたのだ。ドリューのお母さんは、首にマフラーまで巻いている。

「りす、まだいるね」

なつきは言った。

「生きてるやつが」

ドリューが補足し、いたずらっぽくにやりとする。本格的な冬になると、りすの姿は見えなくなる。でも、死体ならときどき見つかるのだ。埋めてやりたくても雪が積っていて、そうでなくとも地面が固く凍っていて、埋めてやれない。去年なつきは、りすの死体を見るたびに、死んでいるわけではないと思おうとした。巣穴の外で冬眠しているだけなのだと。

「ブラスはどう、たのしい？」

ドリューのお母さんに訊《き》かれ、

「イエス！」

となつきは元気よくこたえた。ブラスというのは小学校の課外活動の、ブラスバンド部のことだ。なつきはそこで、ビブラフォンを練習している。

「うさぎ、探しに行く？」

ドリューが訊き、なつきは、

「行く」

とこたえた。なつきもドリューも動物が好きだ。この公園にはうさぎも、滅多に会えないけれどアライグマもいる。

「あんまり遠くに行っちゃだめよ」

駆けだすと、うしろから両方の母親が叫んだ。

二度目に小人を見たのは、おばあちゃんの家の庭でだった。夏で、庭は水を撒《ま》かれたばかりで、土が黒々と濡《ぬ》れていた。一本の木の幹の途中に動くものがあって、なつきははじめ、セミかと思った。けれどそれはニンゲンの顔をしていた。ニンゲンの、女の人の顔を。小人だ、と、今度はすぐに思った。一度目のときのようには驚かなかった。なんとなく、親しいものを見ているような気がした。裸で、身体《からだ》のあちこちに泥がついていた。髪がもつれていて長く、そのせいでますます昆虫っぽく見えるのだが、顔も身体もたしかに人間の形で、大人の女の人のような、立派な乳房を備えていた。

小人は、それこそ虫のように身軽に木に登った。幹に、目に見えない梯子《はしご》でもかけられているのかと思うほどで、間近で見ていたなつきは感嘆のためいきをついた。暑い日で、そこらじゅうでセミが鳴いていた。小人は、枝というより幹と枝のあいだ、二叉《ふたまた》になったところに坐《すわ》って庭を見おろした。庭と、そこにいるなつきを。顔も身体も日灼《ひや》けしていた。そして、たしかに、にっこり微笑《ほほえ》んだのだった。

その夜、寝る前になつきは母親に話した。きょう、お庭で小人を見たんだよ、と。どんなふうだったか説明すると、母親は、いいなあ、ママも見たかったなあ、と言ったけれど、信じていないのがあきらかだった。自分の家に帰ってから父親にも話したが、反応はおなじようなものだった。信じてくれたのは、小島先生だけだ。笑わなかったし、なつきの何か——想像力？　お話をつくる力？　ともかく——をほめたりもしなかった。すごく真剣な表情で、しばらく考えこんだあと、

「それは、姉の見たのとおなじ小人たちかもしれないわね」

と言った。先生にはお姉さんがいて、日本に住んでいるそのお姉さんは、子供のころ、一度だけ小人を見たことがあるのだそうだ。一度だけだったけれど、小人はたくさんいて、みんな裸だったという。男も女も、大人も子供もいたらしい。一人ずつ、全部違う顔だった。場所は納戸《なんど》で、小人たちはお姉さんを見ると、わーっと散って逃げて行った。

「自分がガリバーになった気がしたって、姉は言ってた。身動きしたら踏んづけちゃいそうで、それがこわかったって」

先生は、お姉さんのではなく自分の思い出を語るみたいに、なつかしそうにそう言った。

「その話を聞いたとき、先生は信じた？」

なつきが尋ねると、すこし年をとっているけれどかわいい、となつきの思っている小島先生は、びっくりしたように目を見ひらいて、両腕を大きく広げ、

「もちろんよ」

とこたえた。他の選択肢なんてあり得ない、という勢いで。

風がつめたい。色褪《いろあ》せた芝生の上を、ドリューはずんずん歩いていく。パーカとジーンズに包まれたうしろ姿。

「どこまで行くの？」

なつきは声をかけた。

「あんまり遠くまで行くとママ達が心配するよ」

立ちどまり、ふり向いたドリューは、

「大丈夫。もう、すぐそこよ」

とこたえる。

「ほら、倒れた木があるところ。あそこまで行けば、うさぎ、たぶん見られるわ」

倒れた木のあるところ、は、なつきも知っていた。森のなかだ。たしかにうさぎは見られるかもしれなかったが、遠い、と思った。両親に呼ばれても、絶対に聞こえないだろう。

ドリューは、両手を腰にあてて待っている。行かなくては、と思うのに、なつきの足は動かなかった。弱虫だと思われるかもしれない。今学期から四年生に飛び級したドリューは、出会ったころ——というのはドリューとなつきが二人とも一年生だったころ——から大人びていた。自分のことは自分で決める、という態度が自然に身についていて——だからこそ、まだ英語も碌《ろく》に喋《しゃべ》れなかった外国人のなつきに、果敢に話しかけてもくれたのだろう——、そんなドリューがなつきは大好きなのだった。決めなきゃ、と、だからなつきはあせって思う。行くか行かないか、私も自分のことは自分で決めなきゃ。

「オーケイ」

ドリューが言い、笑いながら両手をあげた。降参、という意味のようだった。走ってきて、なつきの肩に腕をまわし、

「わかった。戻って、フリスビーしよう。それならいいでしょう？」

と、顔のすぐ横で囁《ささや》く。ドリューの息は、ノンシュガーのシナモンガムの匂《にお》いがする。

「うん、いい」

なつきはこたえたが、わかっていた。ドリューはなつきのためにそう決めてくれたのだ。なつきが決められずにいるうちに。

子供同士で肩を組む、というのは、なつきがこの国に来てはじめて経験した習慣で、

いまだに慣れないことなのだが——というのも、なつきは背が低いので、誰かに覆《おお》いかぶさられると、相手の肩まで手が届かない。腕を腰に回すのが精一杯で、相手の重みにたじろいでしまう——、不得手ではあっても嫌いではなかった。それで、きょうもそのままの姿勢で歩いた。右に左に大きくよろけながら、揃《そろ》ってくすくす笑いながら。

2

この十一月は雨が多い。台風の季節が過ぎても肌寒さを増しながら曇天が続き、すぐにびしょびしょと降り始める。降っては止《や》み、降っては止みするのだが、止んでも晴れはしないのだった。

「どうしてこんなに肩が凝るのかしら」

雛子は架空の妹に言った。

「何の労働もしていないのに、可笑《おか》しいわね」

と。架空の妹はしかつめらしく思案顔をして、

「ストレッチしなよ、ストレッチ」

とこたえる。言葉だけでは不十分だと思ったのか、

「こうやるの、こう」

と言いながら、膝《ひざ》に手をついて、四股《しこ》でも踏むみたいに両足をひらき、片方の足を曲げて、同時に手をはなして腰を深くおとし、もう一方の足を伸ばしてみせる。一、二、三、と弾みをつけて、今度は逆の足を曲げる。一、二、三。

「簡単でしょ」

立ち上がり、足を前後にひらいてアキレス腱《けん》を伸ばしながら、架空の妹は言った。

「ねえさんもやってごらんよ」

たしかに簡単そうだったし、架空の妹があまりにも真剣な顔つきで実演してくれるので、雛子も真似《まね》をしてみた。膝に手をついて、四股でも踏むみたいに足をひらいて、片方の足を曲げ、同時に手をはなして腰を深くおとす。一、二、三。

「そうそう、上手上手」

おだてられ、反対側にもとりくんだが、肩凝りに効きそうな気はしなかった。それでそう言うと、架空の妹は一瞬黙る。黙ってから、

「そうだった。それが目的だってことを忘れてた」

と呟《つぶや》いて笑い始める。そして、

「でも大丈夫。これも身体にいいから」

と、たのしそうな笑い声のあいまに言うのだった。

現実の飴子も、身体を動かすことが好きだった。思いだし、雛子は微笑む。身体能力がとくに高いわけではなかったが、というより、高いわけでもなかったのに、運動と名のつくものがすべて恐ろしかった雛子とは違って、水泳にもスキーにも、テニスにもスケートにも、誘われればでかけて行った。億劫《おっくう》がりもせず、恐ろしがることもなく。

「どうだった?」

帰ってきた飴子に尋ねると、決って高揚した表情と、

「おもしろかったー」

というこたえが返ったものだった。

おもしろかったー。そう言うときの妹の声も口調も、雛子はありありと思いだせる。

どうだった?

いつか、もしいつか現実の飴子に会うことがあったら、そう訊いてみたいと雛子は

思う。あなたの人生はどうだった？

「じゃあね、今度はこうやってみて」

足をひらいて床に坐り、上体を前に倒して架空の妹は言った。架空の妹の身体は架空なので、嘘《うそ》のようにやわらかい。顔どころか胸やお腹《なか》まで、床にぺたりとくっついてしまう。生身の肉体を持つ雛子は、両手で足指の先に触れるのがやっとだ。

「押してあげる」

言うが早いか、架空の妹は雛子のうしろにまわり、半ば体重をかけるようにして、雛子の背中を押し始める。

「やめて、もう無理だわ」

雛子はうめくが、架空の妹はやめない。

「もう？　まだいけるでしょ、もうすこし」

と言いながら、雛子の上に覆いかぶさる。

「重いわ、飴ちゃん、重い」

雛子はくすくす笑いだしてしまう。肩甲骨《けんこうこつ》のあたりに、架空の妹の手のひらを感じる。小さくてつめたい、ひどく薄い手のひら。これだけ時間が経《た》っても、彼女の手がどんなふうだったか憶えていることに、雛子は一瞬かなしみを覚える。

「子供のころ、よく積んであった布団《ふとん》に倒れ込んで遊んだね」

架空の妹が言った。

「『ぐにゃぐにゃ』って呼んでたね、あの遊びのことを」

「そうだったわね」

依然として前屈に努めながら、雛子はこたえる。でも、どんな遊びだっただろう。積んであった布団に倒れ込んで、そのあとは何をしたのだったか、よく思いだせない。

「思いだせないの？」

架空の妹は憤慨したように言った。

「喋ったり、手や足の形を比べたり、お話をつくったりして、そのうち眠っちゃうこともあったけれど、眠らなかったときはまた立って、布団の山を直して、改めて倒れて、もう一度やり直すの」

そうだっただろうか。

「かあさんに、『あなたたち、またぐにゃぐにゃしてるの？』って、よく笑われたね」

雛子も、それは憶えていた。もっとも、彼女は娘たちが二人で何かしていると、その何かが何であれ笑うのだったけれども。

「たのしかったね」

架空の妹が言い、

「そうね。たのしかった」

と、雛子も言った。あのころは、いくらでも遊ぶことができた。一緒にすれば、何もかもが遊びになった。

隣室の男がやってきたとき、雛子はまだ架空の妹と、子供のころのことを話しながらストレッチをしているところだった。

「あれ、もしかして、またお客様かな」

ドアをあけた雛子に、男が開口一番そう言ったということは、自分の様子にどこか普段と違うところ――表情が緩んでいるとか頬が上気しているとか、息が弾んでいるとか衣服が乱れているとか――、があるのだろうかと雛子は訝《いぶか》る。

「いいえ。ちょっと体操をしていたの」

こたえて、一歩脇《わき》にどき、男をなかに入れた。

「体操？　めずらしいですね」

男は微笑んで言い、これ、と続けて、ピンク色の紙をさしだす。

「来月です。よかったらどうかなと思って」

その紙は、エントランス・ロビーにも貼《は》ってあるので雛子もすでに見ていた。音楽の夕べ、十二月十日午後七時、とある。料金は一人五千円で、ワイン一杯か、コーヒーとお菓子のセットかがつく。

「演目はシューベルトです、『四手のためのピアノ作品集』。ピアノを二台、わざわざ運び込むらしいですよ」

「まあ」

雛子は言ったが、驚いたわけでも感心したわけでもなく、他に何と言っていいのかわからなくて、そう口にしただけだった。男は、きょうも小ぎれいな服装——きちんとアイロンのあてられたシャツ、やわらかそうなセーター、やはりきちんとアイロンをあてられた、センターラインのまっすぐなコーデュロイパンツ——をしており、落着いて、くつろいだ様子に見える。男の妻は、すくなくとも夫の服装に関する限り、有能な主婦なのだろうと雛子は思う。

「お茶がいいですか？　それともお酒の方がいいかしら」

雛子が言うと、男は、

「お茶をお願いします」

とこたえて、

「でも、雛子さんは、もしその方がよければ、どうぞお酒をめしあがってください」

と、つけたす。部屋が暗いことに気づき、雛子は電気をつけた。この男の訪問を、もしかすると自分は歓迎しているのかもしれないと、ふいに思った。

「雨、よく降りますね」

男の声は、架空ではなく現実のもので、よく知らない人間のものでもあり、そのせいで新鮮に、おもしろく感じられる。

「何かニュースはありますか？」

男のために紅茶を淹《い》れ、自分のためにはグラスに白ワインをついで、雛子は訊いた。

「ニュース？」

「ええ。奥さまはいつも、お会いするとニュースを教えて下さるんです。姪御《めいご》さんが結婚なさるとか、この近所で放火があったとか」

「ああ」

男は微笑んだ。

「家内はニュースで一杯ですから。何ていうか、濃《こま》やかなんです。だからニュースに気を配るんです」

男の言い方には愛情が感じられた。礼儀正しいが味わいに欠ける女（さらに言えば、やや独善的）というのが、雛子のタンノ夫人評なのだが。

「うらやましいわ、仲のいい御夫婦で」

儀礼的にそう口にだしたとき、雛子には、架空の妹が顔をしかめるのが見えた。架空の妹は、男のすぐ横に立っている。窓辺に行き、外を眺めて、また戻ってくる。

「雛子さんは、お生れは東京でしたよね」

男が言った。

「ええ」

「結婚されるまで、ずっと東京に住まわれていたんですよね、御両親と、それに妹さんと、四人で」

またじゃん、と架空の妹が囁く。何でこの人いっつも穿鑿《せんさく》するわけ？

「すみません」

男がいきなり謝ったので、男にも架空の妹の声が聞こえたのかと思ってぎょっとしたが、そうではなく、雛子自身が訝しげな表情を浮かべたために謝ったようだった。

「コロちゃんになるつもりじゃなかったんですが」

男は言い、困ったな、とさらに呟く。

「コロちゃん？」

「刑事コロンボです。というか、でしょう？」

思いだし、雛子は笑った。

「ええ、そうです。というか、そうでした。よく憶えてらっしゃるのね、そんなこと」

　コロちゃんと言われて、すぐに刑事コロンボだとわからなかったことが悔やまれた。雛子の分類では、大切なことの一つなのに——。とはいえ家族以外の人間が発すると、その言葉は全然違うふうに聞こえる。転がるのコロとか、石ころのコロとか。

「率直に訊きます」

　男は、ソファに腰掛けたまま背すじを伸ばした。

「はい、何でしょう」

　雛子は油断していた。何を訊かれるにせよ、こたえたくなければこたえずにいればいいだけのことだ。質問自体が暴力になり得るとは、考えてもみなかった。

「妹さんを探そうと思われたことはないんですか？」

　男の言葉は、瞬時に雛子を粉々にした。部屋のなかから架空の妹を消滅させ、おもての雨音を聞こえなくした。いつまでたってもすこしも馴染《なじ》めない、と雛子の感じているこの部屋や、それを言うのならこの奇妙なマンション自体や、目の前の男——ほとんど知りもしない男だ。それなのに部屋に入れ、紅茶などだしている——といった現実が、どんなに苦痛で屈辱的か、雛子自身に思い知らせた。まるで、雛子が知らなかったかのように。

「勿論《もちろん》」

雛子は、自分がそう言う声を聞いた。

「勿論探しました。調査員も雇いましたし、自分でもほうぼうへでかけたり、電話をかけたりして」

声は妙に静かで、抑揚を欠いていた。雛子が感じていたのは怒りだった。怒りは雛子を石のように固めた。石のように固まったまま、言葉だけが口をついてでる。

「私がいま気にかけているのは、この世で妹だけなんです」

おまけにすこし笑いさえした。

「私には夫も、あ、別れた夫ですけれども、息子たちもいます。でも、彼らを気にかける権利はありませんから」

権利？　いま私はそう言ったのだろうかと雛子は訝る。そんな言葉を、私は一体どこに隠し持っていたのだろう。

妹の――二度目の――失踪《しっそう》のあと、警察はほとんど力になってくれなかった。雛子は、兵庫県警の失踪人課の、田《でん》という男のやわらかな口調と、関西言葉のアクセントをよく憶えている。何年もにわたって、しつこいほど電話をかけたからだ。失踪宣告——必要ならば死亡と認められる——に必要な年月が過ぎたとき、家庭裁判所での手続きについて説明してくれた婦人警官の、いたわりに満ちた顔つきも憶えている（勿論、雛子はそんな手続きはとらなかった。死んだと、証明されたわけではないのだから）。忘れられるはずがない。そして、でも、そういうことの何一つ、この男には関係がない。

「妹は見つからなかったんです」

それで、ただそう言った。

「ええ」

穏やかに、男は相槌《あいづち》を打った。

「でも、その後、たとえばいま、探してみようとは思わないんですか？　昔とは違って、いまはいろいろ方法がありますよね、ツイッターだとか、フェイスブックだとか」

雛子は首をふった。

「考えたこともありません。妹は、私がどこにいるか知っています。ええと、つまり、知っていました。そこに私はもういませんけれど、夫と息子はいまもいて、もし妹が連絡をくれれば、必ず私に知らせてくれます。それは確かです。夫は、ごめんなさい、元の夫は、とても善い人ですから」

雛子はいったん言葉を切って、ワインを喉《のど》に滑り込ませた。自分が次に口にする言葉から、すこしでも身を守りたかった。

「妹は、私と連絡をとりたがっていないんです」

そう考えることは苦痛だったが、もう一つの可能性を考えるより、ずっと良かった。現実の飴子が、もうどこにも存在していないという可能性を考えるよりは。

「そうだろうか」

男は呟いて、黙った。雛子はワインをもう一口のんだ。立ちあがり、ボトルを持って戻る。事のなりゆきが信じられなかった。

「めしあがりますか？」

尋ねたが、なんとなく、男は辞するだろうと思った。その通りだったので、雛子は自分のグラスを満たした。

「でも、わかりました。雛子さんがそうおっしゃるなら、そうなのかもしれません」

紅茶茶碗《ぢゃわん》は空になっていたが、雛子には、二杯目を淹れるつもりはなかった。

「すみません、余計なことを言ってしまって」

男は言い、気弱な感じの笑みを浮かべた。

「僕はただ、パソコンの扱いがわりと得手なもので、もしかしたらお役に立てるんじゃないかと思ったんです」

雛子の怒りは、疲労に変質していた。

「ほんとうに申し訳ない。上手《うま》く言えないんだけれど、いなくなったという妹さんのことがずっと気になっていて」

男は何度も詫《わ》びた。小ぎれいな服装の、それなりに整った顔立ちの、職業は建築家だという隣室の男は。

「いいんです。構いません」

雛子がそう言ったのは、会話を終らせたかったからだ。よくもなければ、構わなくもなかった。雛子は男に、でて行ってほしかった。

3

「聞いて。この人ったらね」

絵里子が可笑しそうに誠に話している。

「こういう和室のテーブルは、はいはいする萌音の頭がちょうどぶつかる高さだから、頭を守るために何か巻いておいた方がいいって言うのよ。クッションつきのヘルメットみたいなのがあればいいんだけど、って、大真面目《おおまじめ》に」

誠はおざなりに笑って、

「まじ？」

と正直に尋ねる。正直は黙殺した。

萌音はドレスを着ている。ほんとうに、ドレスとしか呼びようのない服だ。白地にピンク色の小花模様が散っていて、ウエストにはりぼんまでついている。赤ん坊用のドレスというものがあることを、正直は娘が生れるまで知らなかった。自力で立つことのままならないうちは、タオル地でできた全身タイツみたいなもの——ロンパースというのだと、いまでは正直も知っている——や、名前はわからないがどこか作務衣《さむえ》的な、入院患者の着る服にも似た紐《ひも》つきの衣類を、着せるものだとばかり思っていた。けれど萌音は、生後九か月にして結構なドレス持ちだ。いただきものもあるにはあるが、大半は絵里子の買ってきたものだ。自身も着道楽——かつて、雑誌のモデルをしていたせいかもしれない――の絵里子は出産以来、子供服に目がない。

萌音は、きょうは靴も履いてきた。歩けなくても、赤ん坊には靴を履かせたりするものらしい。あのいたいけな小さな足を、人目から守るためかもしれないと、正直は考えてみる。もったいなくて誰にも見せたくないから、親が隠しているのだと。

　もっとも、ここまでは車で連れてきたのだし、座敷だから靴はすでに脱がせてあり、彼女の足を人目から守る役割を靴が果したのは、雨のなかを抱いて歩いた駐車場から店までの、ほんの数分のことだったが。

　一家はいま、正直の父親の、五十三度目の誕生日を祝うためにここに来ている。一家が昔から馴染みの、麻布の小さな和食屋の個室に。どのくらい馴染みかといえば、ついさっき萌音を見て、「まあ、かわいらしいこと！」と感嘆の声をあげた女将《おかみ》に、「まあ、利発なぼっちゃん！」と言われたことを正直が憶えているくらい馴染みで、そのせいで逆に居心地が悪いほどなのだが、父親はここの料理を気に入って、贔屓《ひいき》にし続けているのだ。

　五十三。正直は、その年齢について考えてみずにいられない。母親より一つ歳下《としした》の父親は、母親と結婚したときたったの三十四歳だったのだ。いまの正直と幾らも変らない。初婚で、周囲の反対を押し切って入籍し、いきなり九歳の息子の父親になった

(母親の腹のなかには誠がいて、だからほどなく二人の息子の父親になった)。母親がいなくなってからは、男手一つで——まあ、祖母とお手伝いさんはいたが——誠を育てた。そして、いまや孫を膝に乗せているのだ。

「よし、立っちするか？　立っち」

孫の両脇に手をさし入れて支え、立たせることに熱中するあまり、大皿の刺身にはほとんど手をつけていない。ここの店主の特製の、好物の塩辛にも(萌音は立つことが好きだ。両足を踏んばって立ち、手を激しく動かして喜びを表現する。ときどき奇声も発する)。

「なんか危なっかしいな」

誠が、誰にともなく呟くと、

「大丈夫よ」

と絵里子がこたえた。

「お父様なら、安心」

内心ひやひやしていたのだが——くずおれたら、顔がテーブルにぶつかる——、正直の胸に安堵《あんど》が広がる。「お父様なら」ではない。絵里子がそう言うのなら、大丈夫だ。そう信じられた。

料理は次々運ばれたが、誰もが、料理ではなく萌音に注目している。正直は、そのことにふいにうしろめたさを覚えた。きょうは、萌音のではなく父親の誕生日なのだ。

「ひきとりますよ」

それでそう言った。

「そんなにずっと抱いていたんじゃ、疲れるでしょう」

「ばか言え」

父親は笑い、日本酒を一口啜《すす》ると、萌音を抱いて、さも満足げに顔をのぞき込む。正直にはわかった。ああすると、萌音はこちらの顔をじっと見るのだ。そして、いまにも何か言いそうに、口を動かして涎《よだれ》をたらす。

今度も、助け舟をだしたのは絵里子だった。何も言わずに父親のそばに寄り、ごく自然に、娘を抱きとったのだ。奪還！　正直は胸の内で快哉《かいさい》を叫ぶ。

「寝てくれるといいんだけど、興奮してるからだめかもしれないわ」

戻ってきた絵里子が言った。

鯛《たい》めしをたべ終ったところで、父親に贈り物——雨傘、カーディガン、ＣＤ、チョコレート——が渡された。包装紙やりぼんの散らかった畳の上を、萌音は這《は》い始める。

「体力あるなあ」

誠が感心したように言い、注目が、また萌音に集まる。正直は苦笑した。数年後にも、十数年後にも、いまここにいる大人は今夜の萌音を憶えているだろう。一度の大泣き、一度の退出（別室での授乳とおむつ替え）、壜《びん》入りの離乳食、数えきれない立っち、奇声と笑い声。憶えていないのは萌音本人だけだ、ということが、正直には不思議に思える。普段から、萌音の写真は絵里子に笑われるほどたくさん撮っているが、写真と記憶は、またべつのものだ。

「見て。この子、何を見てるのかしら」

包装紙をたたんでいた絵里子が言った。萌音は四つん這いのまま静止して、畳の、何もない一点を凝視している。

「何か考えてるんだよ。なあ、萌音」

父親の言葉に、

「何を？」

と誠が口をはさんだ。

「生れたばっかりで、考えることなんてあるのかなあ」

正直にはわからなかった。萌音はまだ喋れない。言語抜きで物を考えることなどできるのだろうか。犬や猫のように？　だとしたら人間は、大人になるまでのどの時点で、その方法を忘れてしまうのだろうか。

「小人とか、見てるのかも」

誠が言った。

おもてにでると、雨はあがっていた。

「ほんとうにねえ、かわいいお孫さんもおできになって、ますますお幸せですねえ」

女将の声に送られて、ぞろぞろと歩き始める。

「お足元が悪いですから、どうぞお気をつけて」

そこらじゅう濡れているが、空には星がでていた。

「あいかわらず声でかいな、あの人」

誠が笑う。おなじ声が、母親の名を連発したころもあった。「雛子さん、これ、お土産」「あら雛子さん、すてきなコート」

正直は、腕に抱いた娘の重みと体温を味わう。これを捨てることが、あの女にはなぜできたのだろう。もう疾《とう》に考えるのをやめたはずの疑問が、また甦《よみがえ》ってしまった。

4

帰りのバスに、ドリューはこのごろ、いつも四人で乗ってくる。スクールバスの座席は二人掛けで、だから二人ずつ、通路をはさんで一列に坐る。前学期までは、いつもなつきと坐っていた。あやとりをしたり、ものすごく小さい声で歌を歌ったりした。サインペンで、両手の爪《つめ》に色を塗りながら帰ったこともある。

クラスどころか学年まで離れてしまったのだから仕方がない。頭ではわかっていても、淋《さび》しかった。それでも、なつきの隣が空いていれば、ドリューはときどき一瞬移ってきてくれる。「きょうはどうだった?」とか、「バスケしてるとこ見たよ」とか言うために。きょうはそれも望めない。なつきの隣に、一年生の男の子が坐ってしまったから。

ブラスバンドの練習のない土曜日。なつきにはちょっとした冒険の予定があり、ほんとうは、そのことをドリューに話したかったのだけれど、冒険は、する前よりしした後で話す方がいいはずだと思い直した。その方が、堂々と話せる。なつきは紫色のリュックサックから、図書館で借りた本を取りだす。子供のための詩集で、表紙には木馬の絵がついている。読み始めたが、上手く集中できなかった。ときどき聞こえるドリューの声に、つい耳をそばだててしまうせいだ。結局、バスを降りるまでに、フクロウと猫が結婚する（！）詩を一つ読めただけだった。その詩のなかで、フクロウと猫は「豆みたいな緑の」舟で旅立ち、結婚指輪を豚から買って、最後は月あかりの下で踊る。へんな詩だ、となつきは思った。

家に帰ると、いつものように、母親に顔をなでられた。頭ではなく顔をなでるのだ。汚れを拭《ぬぐ》うみたいに。それから一緒にお昼をたべる。ここが肝心だ、となつきにはわかっていた。普段と変りなくしなくてはならない。午後の予定を、母親に気取《けど》られないように。

ツナとゆで玉子の入ったサラダと、パン、じゃがいものお味噌汁《みそしる》がテーブルにならぶ。なつきは精一杯ゆっくりたべた。訊かれれば、学校のことも話した。いったん二階にあがり、勉強机の上にメモを残す。メモには、「ばんごはんまでには帰ります」と、できるだけ丁寧な字で書いた。すこし考えて、「しんぱいしないでね」と書き足す。階段の上で耳を澄ませて、母親がまだ台所にいることを確かめてから、足音をしのばせておりる。玄関は、ドアと網戸が二重になっていて、ドアより網戸の方が大きな音を立てやすい。なつきは細心の注意を払ってそれをそっと閉めた。成功。

晴れた、風のない日だ。家の前の並木道を、なつきは胸を張って歩く。お使いを頼まれたのだというふりをする。実際には、まだ一度も頼まれたことがないので、どういうのがそのふりなのか、自分でもよくわからなかったけれども。街路樹は、すっかり赤や黄色に葉の色を変えている。空気は、ひきしまったいい匂いがする。駅までは、バスに乗れば十五分で着く。電車に乗り換えて、バラードかグランビルで降りる。二つの駅の中間なのだ。一人で行くのははじめてだが、二年間も通った場所なので、どちらで降りても迷わない自信はあった。

いつでも遊びに来ていいのだと、小島先生は言った。なつきは先生に会いたかった。大人なのに大人じゃないみたいな、痩《や》せっぽちで、ときどきおかしな歌を歌う、キュウリもトマトもたべられない小島先生に。

5 記憶について

I

日本人学校は、なつきの憶《おぼ》えている通りの場所に、憶えている通りの様子で存在していた。ガラス張りのビルの一階。最後に来てからまだ二か月しか経《た》っていないのだから、変っていないのはあたりまえかもしれなかったが、バスと電車を乗りついで、はじめて一人で来てみると、変っていないことに、というより、それがそこにちゃんとあることにびっくりした。

ステップをのぼってビルのなかに入り、壁がブルーの廊下を進む。この廊下はいつもコーヒーの匂《にお》いがしていて、なつきはその匂いを、前には何とも思っていなかったのに、なつかしい気持ちで深く吸いこんだ。扉を押しあけると、受付に中学生担当の先生がいた。

「こんにちは」

なつきを見ると、先生はにっこりして言った。

「きょうは、遅刻？」

なつきは首を横にふる。よく知らない先生を相手に、どう説明すればいいのかわからなかった。

「小島先生に」

小さな声で言った。自分がもうこの学校の生徒ではないこと、でも小島先生に会いにきたこと、いつでもいらっしゃいと言われていたこと、がこれでは伝わらないと思ったが、人見知りのなつきには、それ以上説明することができなかった。

「あっちで待ってます」

〝お迎えの部屋〟を指さして言った。壁の、大きな丸い時計は、三時十八分をさしている。いま行われている授業が終るまで――以前とおなじシステムなら――、あと二十七分だ。中学年担当の先生は、どうぞ、というように、大きく腕をふって通してくれた。

本箱、クレヨンや色鉛筆の入った箱、木彫りの動物たち。初登校した日、それらがこの場所を逆によそよそしく感じさせたことをなつきは憶えているのだが、きょうは備品の一つ一つが、なつきを待っていてくれたように思える。リュックサックを床におろして、パソコンの前に坐《すわ》った。パソコンの使い方は小学校で習ったので知っている。その上、ここにある三台のうちの一台は日本語設定なので、らくらく遊べる。リュックサックから、きょうの冒険のためにしのばせておいたチョコレートバーをだして、一口かじった。冒険というものは、食料があると俄然《がぜん》本格的な感じがする。ドリューの好きな歌手であるジャスティン・ビーバーの動画を二つ見たあとで、半分残ったチョコレートバーをリュックにしまう。帰りの道中という冒険が、まだ残っているからだ。それから、グーグルアースに東京都杉並区の住所を入力した。かつて住んでいた家の近くを、なつきはときどきこうして眺める。確認のつもりだ。家そのものは見えない、というよりどれだか全然憶えていないのだが、東京都杉並区が、いまもどこかにちゃんとあることの確認。

ざわざわした気配や子供たちの声がして、授業の終ったことがわかった。

「あれえ、なつきちゃん」

このあいだまでクラスメートだった、原田こずえちゃんに声をかけられた。「どうしたの？」「遊びにきたの」「ここに？　変ってるね」「そうかな」「そうだよ」という会話をかわしていると、小島先生の入ってくるのが見えた。

「いらっしゃい、なつきちゃん」

先生は言った。紫色のセーターを着ている（なつきのリュックサックとおなじ色だ）。黒いミニスカートからつきでた足は、細くて筋ばっている。

「昔のお家《うち》？」

パソコンの画面をのぞき込んで訊《き》く。なつきはうなずき、でもすぐに右隅をクリックして画像を消した。

「いまお茶をいれるわね」

先生が言うと、

「ずるーい」

と、こずえちゃんが声をだした。

「あら、なつきちゃんは生徒じゃなくてお客さまだもの」

小島先生はこたえ、自分の机のある方に行った。

先生がいれてくれたお茶はミルクティだった。小袋に入った日本のビスケットも一緒にだしてくれた。

「お茶にちょっとひたしてたべるとおいしいのよ」

と言う。

「ほら、こっちの人たちもココアクッキーをミルクにひたしてたべるでしょ。あんなようなもの」

なつきは先生の細部を、たしかめるように眺める。黒々したおかっぱ頭、金色の、小さなピアス、先生の腕には大きすぎるような、ごつい黒い時計、登山用みたいに厚ぼったい灰色の靴下と、年中履いているピンク色のサンダル。

「きょうはお母さまは？」

尋ねられ、どうこたえようか迷っていると、

「一人で来たの？」

と重ねて訊かれ、なつきはうなずく。

「ここに来ること、ちゃんと言ってきた？」

なつきは首を横にふり、

「でも手紙を書いてきた」

と重々しく告げた。先生は、「ほう」とこたえた。小島先生はよくその言葉を口にする。何か考えなくてはいけないときや、おもしろがっているとき、感心したときにも。ふくろうみたいでおもしろいとなつきは思う。

先生は、その場で母親に電話をかけてくれた。そして、あと一コマ授業するのを待っていれば、車で家まで送ると言った。なつきは勿論《もちろん》待つとこたえた。先生の車に乗れるのなんて、はじめてのことだ。

マグカップに入った紅茶はたっぷりあった。温かくて、ミルクの甘い匂いのするそれに、なつきはこわごわビスケットをひたした。ビスケットが液体を吸って、色を濃くするのを見つめてから口に運んだ。つもりだったが、濡《ぬ》れた部分がちぎれて膝《ひざ》に落ちてしまった。小島先生が笑いだす。笑い上戸《じょうご》なのだ。なつきはすこしむっとしてしまう。ひとの失敗を笑うなんてよくないことだ。

「知ってる？　なつきちゃん」

笑ったまま、笑いのすきまから先生は言った。

「あなたは私に姉を思いださせるわ。ほんとよ、そっくり」

ようやく笑いやむと、小島先生は次の授業をしに、〝お迎えの部屋〟をでて行った。

2

娯楽室に、球を打つ音が響く。上階に住む岸田さんが好むのは、昔ながらの四ツ球だ。球をポケットに沈めることが目的ではなく、一度にどれだけたくさん突けるかが勝負のこのゲームが、正直なところ龍次はあまり好きではない。片方がエンエンと、しかも得々として腕を披露することになるケースがままあるからで、事実いまもそうなっていた。矍鑠《かくしゃく》とした足どりで台の周囲をまわりながら、ゆっくり球を突き続ける岸田さんに、「ナイスショット」と声をかけながら、龍次が考えているのは隣に住む雛子さんのことだった。正確にいえば、雛子さんの妹のことだ。

日本中で、毎年、八万件から十万件にものぼる数の捜索願が受理されていることを、たとえば龍次は知っている。そのうち特異家出人――犯罪にまきこまれたり自殺したりするおそれのある行方不明者を、警察庁発行の統計資料ではそう呼ぶ――の数は三万人から四万人であることも、時間が経てば経つほど発見がむずかしくなることも。

なぜ知っているかといえば調べたからで、なぜ調べたかといえば、龍次自身がかつて怯《おび》えていたからだ。怯えていた、と過去形を使って考えたことに、龍次は自分で驚く。過去形で考えることなど、あってはならないはずだ。

娯楽室は四階で、壁一面の上半分が窓なので見晴らしがいい。きょうはどんより曇っているが、晴れた日には、三浦半島の向うに房総半島の先端まで見える。

「丹ちゃんの番ですよ」

おどけた口調で岸田さんに言われ、龍次はキューを手に台に向う。

かつて、龍次は行方不明者の統計にとり憑《つ》かれていた。総数、性別、所在確認率、犯罪率。年齢別や、原因・動機別の統計。無論それらはただの数字だ。いなくなった人間たち一人一人の、人生が数字でわかるわけではない。それでもそれは何かだった。無よりは確かなものに思えた。

勿論忘れたわけではない。忘れられるはずもない。けれどいつからか、数字を追うことをやめていた。四六時中――夢のなかでまで――怯えることも。隣室に、雛子さんが越してくるまでは。

三打目でクッションを読み誤り、台を離れると、満面の笑みの岸田さんにのみものを手渡された。

「ガソリン切れかと思ってね」

岸田さんは、自分でもおなじものを手にしている。

「こんなんじゃ味気ないけどさ、ま、仕方ないやね」

氷入りの、薄い琥珀色《こはくいろ》の液体はジンジャーエールで、ストローがささっていた。娯楽室には小さなバーカウンターが備わっているのだが、アルコールはださないのだ。食堂ではだすのだから意味がない、と龍次は思うが、ここではそういうことになっている。

「すみません」

グラスを受けとり、窓辺の長椅子《ながいす》にならんで腰をおろした。三台あるビリヤード台のうち、使われているのは一台だけで、広々した部屋には他に人がいない。

「絶好調ですね」

事実なのでお世辞ではないが、本心でもまたないことを、龍次は口にだした。うふふ、と、岸田さんは嬉《うれ》しそうに笑い、

「こないだね」

と言う。

「いや、ここだけの話だけどさ、こないだね、ひさしぶりに女の子と接吻《せっぷん》したの。女

の子ったって、お店の子だから向うは商売の一環のつもりかもわかんないけど、でもあれよ、べつにいかがわしい店じゃなくて普通の呑《の》み屋だからね、誰とでもするわけじゃないんだ、これが微妙でね」

「そうでしょうね」

相槌《あいづち》を打ったが、おそらくその相槌とは無関係に、岸田さんは小声ながら勢いよく、

「マウス・トゥ・マウス！」

と告げて胸を張った。

「すごいなあ」

龍次が言うと、

「でもさ、ほんとのことを言うと俺はさ、そういう接吻はあまり好きじゃないの」

と、どうでもいいことをさらに説明する。

「恋人同士の熱いやつならいいけども、ああいう、冗談みたいなやつはつまらんよね、いいいい、してもらうみたいなのはさ。それくらいなら、どこかやわ肌にちょっと触らせてくれた方が、よっぽどエロティックな気分になる」

とか、

「それでもさ、丹ちゃんもわかると思うけど、男には刺激が必要だからね。まあ女房

も必要だから、そのへんは難しいんだけども」とか。

女性話は岸田さんの十八番だ。若い頃の武勇伝は数知れない。どの女優とやっただの、遊び半分に手をだしただけの女にしつこく追いかけまわされて困っただの。話し上手なので、ディテールがこまかい。仕事仲間数人で温泉旅行に行ったとき、当時の岸田さんの半分にも満たない年齢の女が、いきなり男湯に入ってきて、他の男性には目もくれず、岸田さんの膝にのったという話など、何度聞いてもおもしろく、情景がありありと目に浮かぶ。それらを疑う理由はないのだが、でも、と龍次は考えずにいられない。でも、人の記憶というのはどこまで信じられるものなのだろう。膝にのってきた女は単に酔っ払っていただけかもしれないし、しつこく追ってきたという女にしても、追いまわしたのは実は岸田さんの方だったのかもしれない。あるいはそんな女たちは、どこにもいなかったのかもしれない。誰にわかるだろう。

「じゃ、もう一勝負しますか」

促され、立ちあがった龍次は、空になったグラスを二つ、バーカウンターに運ぶ。たとえば、失踪《しっそう》したという雛子さんの妹が、もともと存在しないということはあり得るだろうかと考えてみる。「とても善い人」だという前夫や、病死したという最初の夫にしたってそうだ。何もかも彼女の想像の産物だということは、果してあり得るだろうか。

十分にあり得る、と龍次は思う。すこしも驚くにはあたらない（龍次は、疾《とう》に驚くことができなくなっている。過去にあんなことがあれば当然だろうと自分で思う）。いまや自分でも半ば信じられなくなっているが、龍次は、かつて人を殺したことがあるのだ。

3

「うそっ」

亜美は声をあげ、ベッドの上で、ぴょんと裸の上半身を起した。

「何で？　どうして？」

午後五時、最近発見して愛用しているこのラブホテルは、白で統一された内装がお洒落《しやれ》で、こういう場所にしてはだが、清潔感がある。

「よく知らない。正直、頑固に喋《しゃべ》んないから」

誠は言った。

「でも、じゃあ、萌音ちゃんは？」

「絵里子さんと一緒。まだ小さいから、さすがに連れてこられなかったんだろ」

おもしろくもなさそうに、ぼそぼそと誠はこたえる。贅肉《ぜいにく》というもののまるでない誠の身体《からだ》の硬質なしなやかさは、何度寝ても亜美を感動させる。

「あの正直さんが？　信じられない。何があったんだろう」

正直が家出してきた、と、亜美はいま誠に聞かされたところだ。絵里子を許せないし、もう信じられない。それが、正直の言ったことだったそうだ。ただ一つの説明。

「お家の人たちの反応は？」

尋ねると、

「静観」

という返事だった。

「正直は激昂《げっこう》しやすいし、親父《おやじ》は、『初めての夫婦喧嘩《げんか》か。めでたい、めでたい』とか言って、まあ、誰もあんまり心配してないんだけど」

「心配だよ、でもそれは」

亜美は言った。

「あの正直さんがだよ？　萌音ちゃんのそばを離れるなんて考えられない。それを言うなら絵里子さんのそばもだけどさ」

亜美が初めて会ったとき、正直と絵里子はすでに結婚間際《まぎわ》だった。一度も、喧嘩どころか意見の相違もないことが自慢のカップルで、絵里子はともかく、正直の方は正真正銘絵里子に首ったけで、〝絵里子が死んだら俺も死ぬ〟状態だった。男の人が、女にあんなに夢中になっている様を、亜美は生れて初めて見たのだった。

「正直さん、かわいそう」

呟《つぶや》いたのは、彼が誠の兄だからではなく、あまりにも純朴で、一途《いちず》ないい人だからだ。ときどき滑稽《こっけい》なくらいに。

「わからないじゃん、でもそんなの、原因も言わないんだから、どっちがかわいそうなのか」

「そうだけど」

亜美は認める。自分には、おそらく絵里子への偏見があるのだろう。ああいう派手な感じの美女が、地味そのものの男を伴侶《はんりょ》に選ぶというのは、何かウラがあるに違いない、というような。勿論根拠はないのだったが。

「たぶん、くだらないことだと思うよ」

誠は会話を打ち切るように言い、掛布団《かけぶとん》を半分ばさりと折り返してベッドからおりた。

「寒っ」

亜美はまた布団にもぐり込む。

「もう服を着ちゃうの？」

こちらに背中を向け、ボクサーショーツに片足を入れた誠に言った。きょうは七時から家庭教師のアルバイトがあるのだが、それまでには、まだ時間がある。

4

坂をのぼりきると、マンションの前に水玉模様のヴァンが停っていた。

「あっ、犬洗いだ」

架空の妹が囁《ささや》く。改造車の内部で犬や猫のトリミングをする業者が、ここにはときどきやって来る。

「こんにちは」

通り過ぎしなに言ったのは、タンノ夫人と岸田夫人が寒空の下、ならんで立っていたからだ。どちらもよく似たダウンコートを着ている。タンノ夫人のは茶色で、岸田夫人のは白だ。タンノ夫人は、両手で重そうに愛犬を抱いている。

「犬と飼主って、ほんとに顔が似るよね」

架空の妹が言い、

「あら雛子さん、おでかけだったの」

と、タンノ夫人が言った。高い、愛想のいい声だ。

「はい、ちょっと横浜まで」

買物です、という意味を込めて、提げていた紙袋を持ち上げてみせると、

「まあ、わざわざ？」

と言われた。

「大きなお世話」

架空の妹はこたえたが、雛子は何とこたえていいのかわからなかった。すると夫人は、

「本を買いにわざわざ横浜まで？」

と、まるで横浜が外国ででもあるかのような言い方でくり返す。中身が本であることは、紙袋にBOOKSとあるから一目瞭然《いちもくりようぜん》なのだ。

「ええ」

雛子は肯定した。この近所には、品揃《しなぞろ》えのいい大きな書店がない。

「最近は、注文すればすぐ届けてくれるのよ」

タンノ夫人が言う。

「千五百円だったか千六百円だったか忘れましたけれど、それ以上なら送料もかからないの。だからある程度まとめて注文するんですけれど、便利よ、とっても」

夫人の腕のなかで、首すじの肉が三段になった犬が、舌をだして荒い息をしている。

「ゼイゼイ言ってるね。だいぶ年寄りなのかな」

架空の妹が言い、犬の背中をそっとなでた。

「勿論私はネットなんて扱えないから、タンノが頼むときに一緒にね、してもらうんだけれど、よかったら次から雛子さんにもお声をかけるように——」

「あら、ちょっと待って。それは何？」

タンノ夫人の言葉は、岸田夫人の低い嗄声《しやがれごえ》にかき消された。チェーンつきの老眼鏡をかけ、寒そうに腕組みをしている小柄な岸田夫人は、車のうしろに立って作業している人に向って、疑い深そうに言った。

「それを使うの？　この前までのと容器が違うみたいだけど、どこの？」

「シャンプー？」

タンノ夫人が口をはさみ、

「イギリスです」

と、作業している人がこたえる。車のなかでは、毛の長い灰色の小型犬がびしょびしょに濡れている。

「ちょっと見せて下さる？　成分を見ないと」

岸田夫人は言い、受けとったボトルをしげしげ眺める。

「何て書いてあるの？　英語？」

タンノ夫人が横からのぞき込んだ隙《すき》に、雛子はマンションに入った。架空の妹はくつくつ笑っている。そして、

「あの人たち、グーニーズ・ペアに似てない？」

と、部屋に戻るなり言った。

「グーニーズ・ペアって何？」

雛子は訊き、コートを脱いで暖房のスイッチを入れる。この十二月は、例年より寒さが厳しい。

「えーっ、忘れちゃったの？」

架空の妹は、大袈裟《おおげさ》に驚いた声をだす。洗面所までついてきて、手を洗ったりうがいをしたりする雛子のうしろから、

「昔、二人でテニスを習ったとき、おんなじクラスにいたじゃん」

と言う。

「仲のいいおばさんのペアで、初心者クラスのなかでは上手《うま》くて、顔が二人ともしわしわで奇妙な童顔で、映画にでてくるグーニーズに似てて、私たち、陰でグーニーズ・ペアって呼んでたでしょ」

「そうだった？」

タオルで口元を拭《ぬぐ》い、雛子は言ったが、記憶は朧《おぼろ》だった。ずっと昔、妹に半ば強引に誘われて、一緒にテニスを習ったことは憶えている。運動の苦手な雛子は、でもすぐに諦《あきら》めてやめてしまった。

「ねえさん、あの人たちのことをすごくこわがってたじゃないの。勝負に燃える人たちで、ミスすると、その日じゅうずーっと嫌味を言われ続けるし、ボール拾いのとき、

ラケットにのせて運ぶボールの数がすくないとにらまれるからって」

「そうだった？」

くり返し、雛子は苦笑する。いかにもありそうなことだ。

「そうだよ。おばさんなのに、練習にわざわざスコートをはいてくるところもこわいって言って」

架空の妹は、ソファに弾みをつけて坐る。革から空気のもれる、やわらかな音がした。

「まさか。そんな失礼なことを言うわけがないじゃないの」

否定したが、言ったのかもしれないと思った。失礼なことを、失礼だとも思わずに。

「ねえさんはいつも人をこわがったね。小学生のとき、男の子がニワトリみたいな奇声を発するのがこわいって言って、随分ながく学校に行かなかったし」

架空の妹は続ける。

「人がいちばんこわいもの」

こたえて、雛子は買ってきた本を袋からだした。書棚はすでに一杯なので、適当な場所に積んでおくしかない。

「でも、いまはもう、あんまりこわくないでしょう？」

尋ねられ、雛子は首をかしげる。

「それは、どうかしらね」

窓の外はすでに暗い。夕食用に買った焼売《シュウマイ》弁当をテーブルにのせ、食器棚からワイングラスをとりだす。それからCDプレイヤーに、ローリング・ストーンズを選んでのせた。

もうこわくない、と思ったことが、たしかにあったと雛子は思う。この男《ひと》と一緒なら、もう何もこわくないと思ったことが。

「これ、すごく便利よ」

ゆうべ開栓した赤ワインを、グラスに注ぎながら雛子は言った。

「シュポシュポっとやって、壜《びん》のなかの空気を抜く道具。一壜のワインを、三日も四日もかけてのむときがくるなんて、昔は想像もしなかったけど」

架空の妹は肩をすくめる。ワインには、あまり関心がないのだ。三日も四日もかけて、というより、一人でのむことになるなんて、と言う方が正確であることに雛子は気づき、でも気づかなかったふりをする。

「あ、この曲好き」

架空の妹は言い、小さな声で部分的に口ずさむ。エンゴーズラニーンフォーザーシェルター、オバーマザーズリルーヘルパー。

小気味よく韻を踏むシェルターとヘルパーのところで上体をひねり、握りしめた両手でリズムをとる架空の妹の様子を眺めるうちに、雛子もつられて口ずさんでしまう。ソゴーラニーンフォーザーシェルター、オバーマザーズリルーヘルパー。グラスを片手に立ったまま、身体を揺らす。歌詞のわからない部分はハミングにして、わかる部分――韻を踏んだ例の一か所――だけ、知ったかぶりをして歌う。ノモーアラニーンフォーザーシェルター、オバーマザーズリルーヘルパー、らら－、らら－、らら－。気がつくと架空の妹もソファから立ちあがって歌っていて、二人で部屋じゅうを歩きまわりながら、ごくゆるやかに踊った。次の曲もその次の曲もそうしたあとで、架空の妹が、

「調子がでてきた。もっと踊ろう」

と言ってべつのＣＤを物色し始めたので、テーブルの上の焼売弁当は、しばらく放置されることになった。

5

丹野龍次が人を殺したのは四十年前だ。正確に言えば四十二年前、龍次が二十一歳のときだ。台風がきていた。夏の終りで、時刻は真夜中に近かった。長野に帰省中だった龍次は、やはり帰省中だった当時のガールフレンド――彼女の家は伊那《いな》にあった――のところに遊びに行って、実家に戻る途中だった。知子という名の、色白で控え目な性格のそのガールフレンドとは、高校時代から変らずに交際しており、彼女の両親とも親しくなっていたし、いずれは結婚するつもりでいた。勿論、それは事故だったのだ。雨も風も激しく、ヘッドライトを最強にしていても視界が利《き》かなかった。強風にあおられ、ときおり車が浮きあがりそうな気さえした。その瞬間まで、誰もいない道を走っていた。実際、人よりもタヌキがでそうな場所だったのだ。いきなりぶつかって、前方に跳ねとばした、はずなのだが、急ブレーキを踏んで停車し、車からおりると男性は後方にいた。跳ねとばしたあとでさらに轢《ひ》いてしまったのか、跳ねとばしたと思ったのは錯覚で最初から車輪にまき込んでいたのか、そのときですら、わからなかった。龍次はずぶ濡れになったはずだ。恐怖以外何も感じなかったのだろうし、動転し、動転しながらも、どうすればいいのか懸命に考えたはずだ。けれどその部分の記憶はない。というより、記憶のなかで、龍次はいまや、どうしても傍観者だ。雨に濡れてもいなければ、人を轢き殺してもいない。

すぐそばを、どうどうと音を立てて川が流れていた。龍次にとって、子供のころから馴染《なじ》み深く、そこにあることがあたりまえだった天竜川だ。豪雨のせいで水嵩《みずかさ》が増し、折れた枝や、どこからか飛ばされてきたトタン板を、のみこんだり押し流したりしている。わずかな数の街灯の届く範囲だけ、水面が黒々と不気味に光っていた。龍次の車は、男性の頭部を半分轢きつぶしていた。衣服がちぎれ、衣服の下には皮膚もついていたのかもしれず、男性が、すでに事切れているのはあきらかだった。

あんなことが、なぜ自分にできたのかわからない。わからないが、龍次は遺体をひきずった。橋の欄干とガードレールのあいだにできた、隙間というか途切れ目から土手にだし、自分もおりて、うしろ手にガードレールにつかまった。普段なら、土手は橋桁《はしげた》の下まで続いているのだが、ほんの一メートル先まで水位があがっているいまは、橋桁がほとんど見えない。龍次は遺体を足で水に蹴《け》り落とした。一度では落としきれず、二度か三度、もしかすると四度、蹴ったかもしれない。道に戻って、傘を探したことを憶えている。男性が、さしていたはずの傘だ。けれどそれは見つからず、風に飛ばされたのかもしれなかったし、何らかの理由で、最初からさしていなかったのかもしれない。

車のドアをあけ、激しく吠《ほ》えているハルを見たときに初めて、現実なのだとわかった。自分が、たったいま人を殺したのだと。元は事故だったかもしれないが、いまや事故ではないことも。途端に足が竦《すく》み、全身が震え始めた。ずぶ濡れの龍次が何とか運転席に収まっても、ハルは落着くどころか、興奮して、ますます激しく吠え立てた。見知らぬ他人に対してするように。その春生れたばかりの柴犬《しばいぬ》の子犬を、知子が見たがったので連れて行っていたのだ。龍次は犬に声をかけることができなかった。なでてやることも。刑務所という場所を想像した。自分は間違いなくそこに行くのだと思ったし、ついさっきまでの自分の人生が、すでにひどく遠い、自分ではない誰かの人生になってしまったのを感じた。

けれど事の顚末《てんまつ》はそれだけだった。それがすべてだった。龍次の元に警察の人間がやってくることはなかったし、龍次の知る限り、あの事故は新聞で報じられさえしなかった。龍次が運転していたのは父親の車だったが、車体には目立つほどの疵《きず》もなく、二日後まで湿っていたシートにしても、うっかり窓をあけっ放しにしたという説明で事足りてしまった。

　龍次には、いまや信じられない。あれは自分だったのだろうか。というより、あの夜、あんな事故がほんとうにあったのだろうか。男性に家族がいたのかどうか、龍次は知らない。男性の、おおまかな年齢すらわからない。自分よりずっと年上に見えたことは確かだが、三十代から五十代までの、どこであっても不思議はない。いずれにせよ、おそらく誰かが届け出たはずで、家出人、失踪人、行方不明者の一人に数えられたはずだ。その後、もしも遺体が発見されていれば、犯罪の犠牲者としても記載されているのだろうが、身元不明の死者の一体として数えられた可能性もある。それらは龍次が生みだした数字だ。忘れられるはずがなく、忘れたことも無論なく、けれどほとんど信じられなくなってしまった、それは事実だった。

「はい、ヤスケちゃんが帰りましたよ」

　ドアがあき、あくと同時に歌うような妻の声が聞こえた。

「ほら、パパにただいまって」

　犬を抱いたまま腰をかがめ、挨拶《あいさつ》を促す。

「おかえり。きれいにしてもらってよかったな」

龍次はこたえ、ヤスケのあごをかいてやった。

「ああ、重かった」

犬を床におろし、妻が言う。もくもくとふくらんだダウンコートから、冬の外気の匂いがかすかに立った。

「シャンプー、新しくなったんですって。徳子さんはね、前の、ドイツ製のやつの方がいいっていうんだけど、どうなのかしらね」

ジャッと音を立てて、妻が窓にカーテンを引く。

「すぐごはんにしますから」

龍次はリモコンを取り、テレビをつけた。

「今度のはね、イギリス製なの。ローズマリーエキスとか、ユーカリオイルとかが入っていて、いい匂いだと私は思うんだけれど」

解放されるなりペットシートに直行し、放尿して戻ってきたヤスケを抱きあげて、

「いいんじゃないか？　べつに、どっちでも」

と妻に、

「イギリス製？　お前、洒落たもの使ってるんだなあ」

とヤスケに、龍次は言った。

「そうそう、いまね、階下《した》で雛子さんに会ったのよ。おでかけだったみたい。重そうな紙袋を二つも、えっちらおっちら提げていらっしゃるから訊いたら、本だって言うから、私、気の毒になっちゃって」

妻の声は、妻が米を研ぐ音と共に、部屋のなかを平穏な日常性で満たす。平穏な日常性、健全な凡庸さ、何と呼ぶにせよ、龍次が疾に——そして永遠に——失ってしまったはずのもので。

「だからね、今度注文するときは、雛子さんにも声をかけてさしあげるといいと思うわ」

そうだね、と龍次はこたえる。それはいい考えかもしれないね、と、普段と違う匂いのする、ヤスケの温かい首すじに頬ずりをしながら。

6

「でもさ、あの人、全然わかってなかったね」

バスタブの縁《へり》に浅く腰掛けて、架空の妹が言う。湯のなかの雛子は裸だが、架空の妹は着衣のままだ。黒いセーターに深緑色のミニスカート、という、雛子の記憶のなかの彼女の、定番のスタイルをしている。架空の妹は架空の存在なので、そんな恰好《かっこう》で風呂場《ふろば》にいても暑くないのだし、水蒸気がついて衣服が湿ったりもしない。

「あの人って？」

尋ねると、

「タンノ。妻の方の。夕方」

と、言葉をぶつ切りにしてこたえる。そして、

「本はさ、本屋で買うのがたのしいんじゃんね」

と言った。

「ああ、そのこと」

雛子はこたえ、

「大丈夫よ。頼んだりしないから」

と続けた。安心させようと思って言ったことなのだが、架空の妹は驚く。というより、憤慨する。

「えーっ、あたりまえじゃん、そんなの」

と言い、

「いまのは正しい受け答えじゃないよ」

と言う。雛子は苦笑し、正しい――と思われる――返答をし直す。

「飴ちゃん、あの本屋さんを憶えてる?」

と。架空の妹はうれしそうににっこりして、勿論憶えているとこたえた。お茶屋さんの向いの、六番街の本屋より大きな、いい本がいっぱいあって、てきぱきしたおばさんのいた、あの本屋でしょう、と。雛子はうなずく。

「私たち、あそこでたくさんの本を買ったわね」

「うん。買った。小さいときは買ってもらったし、大きくなってからは自分で買った」

架空の妹は目を輝かせ、あれとかあれとかあれとか、と書名を列挙し始める。ひなちゃんはあれが好きだったね、とか、私たち、あれを何度も何度も読んだね、とか。

「そうだったわね」

私たちそのものになってしまった本たち、と、なぜだかとり返しのつかないことを数えるときのような気持ちで雛子は思う。私たちの血肉になってしまった本たち、と。

「本を買っておもてにでると、向いのお茶屋さんからいい匂いが流れてきたね。大きな機械でお茶の葉っぱを炒《い》る、熱くて香ばしい匂いが」

架空の妹の声はたのしげでなつかしげで、雛子も同時に思いだしてしまう。駅の、南口にのびた商店街。比較的幅の広い道だったが、片側に雑多な小売店がひしめき、いろいろな匂い――パン屋の、鰻《うなぎ》屋の、文具屋の、魚屋の、お茶屋の――がし、賑《にぎ》やかで、大人も子供も自転車もたくさん通っていた。反対側には遊具のある公園があったので、空の分量が多く見えた。

「不思議ね」

雛子は呟き、ちょっとどいて、と言ってバスタブからでると、つめたいタイルに足を投げだして坐った。暑くなってしまったのだ。額にじんわり汗が浮かぶのを感じる。

「ここに越してきてから、あの街のことばかり思いだしているみたい」

結婚の早かった雛子にとって、そこで過した年月よりも、そこ以外の土地で過した年月の方がすでにながい。

「べつにいいんじゃない？　思いだしても」

架空の妹が言い、雛子は椅子に坐って髪を洗った。そのあいだ、架空の妹はおとなしく待っているが、バスタブの縁に立って乗っかり、猫のように歩き回っていることが気配で雛子にはわかる。シャワーの湯がかからないように、そうしているのだ。そうしながら、退屈そうに、見るともなく雛子を見ている。

「漫画は、六番街の本屋の方がいっぱいあったけどね」

そして、雛子が髪を洗い終えるや否《いな》や、またぞろ思い出話を始める。

「無口で無愛想なおじさんか、無口で無愛想で眼鏡をかけたお兄さんか、どちらかがいつも店番をしてたね」

と。

「憶えてるわ。狭くて、薄暗い店だった」

雛子がこたえ、再びバスタブにつかると、架空の妹は交替するように洗い場におりる。雛子と妹は、成人したあとも実際にたびたびこうして一緒に風呂に入ったので、互いの動作に阿吽《あうん》の呼吸が働くのだ。

「きょう見た布、素敵だったわね」

雛子が話題を変えたのは、何か、なつかしくない話をする必要があると感じたからだ。そうしないと、いまいる場所に、戻ってこられなくなりそうでおそろしかった。あるいは、戻ってしまうことがおそろしかったのかもしれない。だから急いで戻った。

最初からここにいたふりが、できるうちに。

「紺のやつ？　ピンクとか紫とか、混ぜて織った糸がところどころに透けて見える？」

「どれっていうんじゃなく、広げて見せてもらったやつは、どれも」

雛子はこたえる。

「でもあの紺色の布は、ショートパンツにしたらあなたに似合うと思うわ」

架空の妹はしばらくじっと考えて、

「うん、似合うかも」

と自分で言った。雛子はバスタブのなかで両腕を動かし、さめつつある湯をゆらゆら揺らしながら、どの布をワンピースに、どの布をブラウスに仕立てるといいかを思いつくままに想像して話す。その一つ一つに、「よさそう」とか「きれいそう」とか、架空の妹が相槌を打った。架空の妹の相槌は短いが真剣そのもので、口にするまでにとても時間がかかる。「でも、一体どんな形なの？」とか、「ボタンの素材次第だね」とか、たくさんの質問や意見にこたえなければ、打ってもらえない相槌なのだ。それで、雛子はたびたび洗い場に坐って休憩しなければならなかったし、熱い湯を足したり、熱くなりすぎた湯を水でうめたりもしなければならず、結局のところ、それは愉《たの》しい時間だったといえるものの、雛子はややのぼせてしまった。

6

雪

I

「鈴木さん、戻ってくるかしら」

昼食の途中でふと箸《はし》を止め、岸田徳子は言った。熊本から取寄せた鯖《さば》のぬか漬と、京都から取寄せた味噌《みそ》で作った蕪《かぶ》の味噌汁。

「どうだろうね、二度目だからな」

泰三はこたえる。

「前回は戻ってらしたわけだし、今度もそうだといいけれど」

四階の鈴木さん――泰三は、ふざけて「画伯」と呼ぶ。日曜画家なのだ。若いころには本気でその道を目指し、美大に在籍したこともあったらしいが、ここに入居してきたときの肩書きは製薬会社の役員で、奥さんはすでに亡《な》くなっていた——は、ゆうべ胸の痛みを訴えて、救急車で病院に運ばれた。ちょうど夕食どきで、食堂に向いかけていた徳子と泰三は、救急車に乗せられる鈴木さん、および同乗することのスタッフを、ロビーから見送った。

「アイホープソー、トゥー」

軽い調子で泰三は言い、けれど徳子には、それが泰三なりの、不穏な現実に対処するための術《すべ》なのだとわかっている。高齢者のためのマンションなのだから当然といえば当然かもしれないが、自分たち夫婦が入居してから十年のあいだに、何人かが亡くなった。ぽつん、ぽつん、ぽつんといなくなり、部屋が空けば、新しい人が入ってくる。

「夕方のピアノ、階下《した》の、あの若い女性も来るかな」

「はい?」

訊《き》き返したのは、徳子がまだ鈴木さん——というよりも死——について考えていたからだ。考えても仕方のないことだと、頭ではわかっているのだが。

「ほら、斤ちゃんの隣の」

「ああ、雛子さん」

言うと、泰三はにっこりしてうなずいた。声優は口が命だからと言って、随分早く

――その技術がまだ知名度を得る前――にインプラントにした歯は、喫煙のせいで黄ばんでいるが、それでもきれいに粒が揃《そろ》っている。

来ないと思う、と徳子はこたえた。何であれ、このマンションの催しに彼女が参加するのを、すくなくとも徳子は一度も見たためしがない。

「誘ってみるって言ってたけどな、丹ちゃんは」

「もし来たら、どうだっていうんだか」

立ちあがり、食器を徳子は流しに運ぶ。丹野氏といい泰三といい、若い女性がこういう場所に、一人きりで住んでいることに同情し、興味を持たずにいられないようだが、徳子自身は、彼女の境遇――たしかにいろいろな噂《うわさ》がある。ここに来る前に自殺未遂をしたとかしないとか、家族に絶縁されたとかされないとか――に、ことさら同情する気はしない。彼女に何があったにせよ、結局のところ人の身に起ることは、本人の招いた結果なのではないのだろうか。

残りものを冷蔵庫にしまい、皿や茶碗《ちゃわん》を洗いながら、徳子は犬たちについて考える。死んでしまった犬たち、徳子がこれまでに育てた十数頭の、大きいものではラブラドールやアラスカン・マラミュートから、小さいものではミニチュア・ピンシャーやトイ・プードルまでの、賢い、けなげな、勇敢な犬たちについて。あの子たちの生涯は徳子次第だった。あの子たちには他の選択肢はなかった。いい生涯だったと思ってくれているかどうかはわからない。それでも文句一つ言わず、一匹ずつ立派に、気高く死んでいった。

自分も、いつかあの子たちのそばに行くのだ。そう思うとなぐさめになった。なぐさめと励まし、避けられない死への、心の準備の一助に。

「東郷青児はどうなるんだろうな」

居間から、泰三の声が聞こえた。

「何ですか？」

蛇口レバーを上げて水を止め、徳子は訊き返す。

「ほら、画伯の部屋にある、画伯ご自慢の本物の東郷青児。もし万が一の場合、あの絵はどうなるんだろうなと思ってさ」

不謹慎ですよ、と徳子は言わない。これもまた泰三流の、現実への対処のし方なのだ。

2

昔のことだろ、と、誠は言い、お前にはわからない、と正直は言った。口をださないでくれ、と。結婚前と変らずに保たれている正直の部屋の戸口、二階の廊下のつきあたりに、二人は立っているのだった。日曜日。父親はでかけている。祖母は、ここ一年ずっとそうであるように、自室で横になって過している。そして、一階には絵里子と萌音がいる。

「追い返してくれ。どっちにも会いたくないから」

告げると、

「あり得ねえだろ」

と言われた。正直が実家に戻って以来、絵里子がやってきたのはきょうで四度目だ。正直は四度とも、「帰れ」とだけ言った。一度目は大人しく帰った絵里子だったが、二度目と三度目は厚かましくも客間に泊り、翌朝、家族の朝食の席にまでついた。正直は口をきかなかったし、萌音を抱くこともしなかった。抱きたくてたまらなかったのだが。

「いいかげんにしろよ」

誠が野太い声をだす。だされても、どうということもない（自分の心は再起不能の折れ方をしたのであり、誰の声も響かないのだと正直は思う）。

「階下におりて、絵里子さんとちゃんと話せよ」

「いやだね」

正直はこたえる。廊下は寒く、壁に掛けられた鏡には、弟の背中ごしに自分の顔が映っている。不愉快な、ややむくんだ、昔から実年齢より老《ふ》けて見えると言われ続けてきた顔が。

正直は、絵里子と離婚したいわけではなかった（それは、想像するだに耐えがたいことだ）。しかし、絵里子の顔を見るのも、声を聞くのもおなじように耐えがたいことだった。それで家をでた。身体《からだ》のどこにも力が入らず、思考は一切のまとまりを欠き、どうすべきか、自分がどうしたいのか、まったくわからないままに。

すべてはスクラップブックのせいだった。絵里子は、かつて自分がモデルとして掲載されたファッション雑誌を丁寧にスクラップしており、以前、正直にも見せてくれたことがあった。

「この子とはすごく仲がよかったの」とか、「この子、完璧《かんぺき》ボディじゃない？　悔しいけどかなわないなって、最初に会ったときに思ったわ」とか、そのときには本人より一緒に写っているモデル仲間の話を多く聞かされたのだったが、正直には無論他の女はどうでもよく、正直と出会う前の妻――というのも、出会ったときには彼女はもうその仕事を辞めていたので――、美しいがどこか不自然で、若いがその分だけ深みに欠けると正直の思うその絵里子を、ひさしぶりに眺めたいと思って妻のクロゼットを探し、段ボール箱のなかに、全くべつの、予期せぬスクラップブックを見つけてしまったのだった。

信じられなかった。全裸だったり下着姿だったり、ナース服を着ていたりする妻が挑発的なポーズと顔つき（幾つかは、恨みがましい顔つきに見えたが）で写っており、素人《しろうと》という設定なのだろう、両目が黒いラインで隠されているものもあった。紙質もサイズもファッション誌のそれではなく、被写体である妻の名前も、「まい（19）」とか「れん（22）」とか、「大竹かな子（仮名）」とか、いかにもインチキなもので、つけられた見出し――「昼下りの激情」「ほんとうの私を見て」「お仕事中でもたまーに」――は、思いだしたくもないほど下品だった。

ほんとうの私を見て。

理解できないのは、自分の容姿にプライドを持ち、まっとうな家庭に育って金に不自由してもいなかったであろう絵里子が、なぜそんなエロカメラの前に身をさらしたのかということで、正直が詰問《きつもん》したときの絵里子の返答は、「仕事だもの」だった。仕事を選べないほど困窮していたのかと訊くと、選んだ結果だと平然としてこたえ、恥じてはいないと言い放った。隠していたことは詫《わ》びたものの、悔いている様子は頑として見せなかった。

扇情的な写真はたくさんあった。わざと口紅を傷みたいに片方の頬まではみだして塗ったり、うつぶせの姿勢で尻《しり》だけ高々と上げていたり、カメラに向って舌をつきだしていたり。

正直が慄然《りつぜん》とした一枚は、それらに較《くら》べればむしろ大人しいものだったかもしれない。ページ一杯に、目をうるませた絵里子の顔（目薬でもさしているのか、何かに感極まっているのか、正直には判断がつかなかった）と裸の上半身が写っており、痩《や》せている割には豊かな乳房のてっぺん、ちょうど乳首の位置に赤い星印が印刷されていた。赤い星印、その安っぽさ。正直は吐き気を覚えた。それは、萌音に対する冒瀆《ぼうとく》だった。絵里子の乳房は萌音の滋養であり安寧であり、娘に授乳する妻の姿を、正直は神聖なものだと思っていた。

「お前が階下におりないなら、絵里子さんを二階《うえ》に連れてくるぞ」

「好きにしろよ、俺は会わない」

正直はこたえ、けれどすぐに、

「だめだ、連れてくるな、会えない」

と言い直した。ついこのあいだまで、日曜日は、妻子のそばにいられる、一週間でいちばん輝かしい日だった。

「お前にはわからない」

おなじ言葉を、正直はくり返した。絵里子が経緯を説明したらしいとはいえ、誠はあれらの写真を実際に見たわけではないのだ。

「あれを見てから、絵里子とあの女がだぶる」

本音をもらすと、誠はため息をついた。

「ばかばかしい。かあさんは関係ないだろ」

そうだろうか。正直にはわからなかった。特定の相手か不特定多数の相手かの差こそあれ、男（たち）に媚《こ》びたというだけで、正直には二人の女が、おなじようにおそろしいのだった。

3

雪は一晩中降り続けた。朝起きたときにはもう止《や》んでいたけれど、あたりはいちめん真白で、学校は休校になり、ドリューが遊びにきてくれて、なつきは十分満足だった。雪はいつでも突然に、ある一日を特別にする。台所では母親がケーキを焼いていて、その横でミセス・クロスビー――ドリューのママ――がジュースをのんでいる。すくなくとも、さっき見たときはそうだった。二人とも頰も手も赤くして息を弾ませていて、それは雪かきをしたからだ。母親たちが雪かきをしているあいだに、なつきとドリューは勿論《もちろん》雪だるまを作った。なつきは、雪だるまというのは日本のものだと思っていたので、こっちに来た最初の冬に、あちこちの庭にそれが出現したのを見たときには驚いてしまった。スノウマンというのだと教わった。きょう作ったのは、でもスノウガールだ。なつきが夏にかぶっていた麦わら帽子――ピンクのりぼんがついている――をかぶせたし、ドリューの、ビーズの首飾りもつけたからだ（そのために、スノウガールの大きすぎる頭部を、一度取り外さなくてはならなかった)。雪はつめたくてこまかく、日ざしを浴びて、目が痛いほどきらきらしていた。

「雪って大好き」

ドリューは言う。

「夏にも降ればいいのに。そうすれば涼しくなって、エアコンがいらなくなって、環境にいいのに」

なつきはすこし考えて、

「でも、雪の日はヒーターがいるよ。ヒーターはいいの?」

と言ってみた。事実、二人はいま暖かいなつきの部屋にいる。グアバジュースをちびちびのみながら、ビーズ飾りを作っているところだ。なつきが視線で示したパネルヒーターを見て、「そっか」と言ってドリューは笑う。「そっか。じゃあおんなじだね」と言って。

ビーズ飾り作りは、クラスの女の子たちのあいだで、去年大流行した遊びだ。白やピンクや水色の、小さなビーズを透明な糸でつないでいき、ところどころに大ぶりの、ハート形や花形や、スマイルマーク形の〝ビジュー〟をまぜる。今年になっていきなり流行《はや》らなくなり、キンバリーなどは「女の子っぽすぎる」と軽蔑《けいべつ》もあらわに言うのだが、なつきもドリューも、いまだにこっそり熱中している。この遊びは、お喋《しゃべ》りしながらできるところもいいのだ。ドリューはいま、ステファンについて話している。四年生のなかで、「いちばんキュート」なステファンについて。

なつきには、好きな男の子はいない。ステファンも見たことはあるが、どこが「キュート」なのかわからなかった。なつきの観察によれば、だいたい男の子というものは、がさつで乱暴か、泣き虫の甘ったれか、どちらかなのだ。マーク・リンという中国系の男の子が大人びていて、グループ学習のときにいつも親切にしてくれることは認めなくてはならないが。

「ケニーは最近どう？」

ドリューが言う。

「また前みたいに髪とかひっぱられたら言いなね。ほんとに男の子ってばかなんだから」

と。なつきは大丈夫だとこたえた。最近は、誰にもどこも、ひっぱられたりしていない。

「何の話をしているの？」

呼びにきたドリューのママに尋ねられたとき、「男の子たち！」とこたえるなつきとドリューの声が揃った。

階段をおりていくと、ケーキの焼ける温かい匂《にお》いがした。台所のテーブルにつき、ドリューは、クリスマスに買ってもらう予定のスキー板と、早目の贈り物として買ってもらう予定のスニーカー（銀色で、ひもはピンク）について教えてくれた。なつきは、欲しかった携帯電話を買ってもらえることになっていて、早目の贈り物のブラウスは、もう買ってもらった。袖《そで》がふんわりふくらんだ、ピンク色のブラウス。

携帯電話を買ってもらえることになったのは、このあいだなつきが一人で小島先生に会いに行ったからだ。あのときママは「気も狂わんばかり」に心配したらしい。仕事中のパパに電話をかけてしまったほどで、夜になってパパとママが相談し、なつきといつでも連絡がとれるように、そして所在がわかるように、ＧＰＳ機能つきの携帯電話を買うことに決めたのだった。

「だからって、一人でどこにでもでかけていいわけじゃありませんからね」

ママにはそう釘《くぎ》をさされた。それでも、あの冒険はたのしかったとなつきは思う。危険を冒した甲斐《かい》はあった。小島先生とたくさんお喋りできた上に、先生の車にも乗せてもらえたのだ。誰かの車に乗るのは、その人の家とか部屋とかを見るのと、すこし似ている。一台ずつ違う匂いがするし、置いてあるものとか散らかり具合とかが独特だからだ（なつきの家の車はボルボで、車内は整然としているけれど母親の香水の匂いがかすかにするし、何が入っているのかわからない鞄《かばん》を、父親がいつも一つ置きっぱなしにしている。ドリューの家の車の名前はわからないけれど、タイヤの大きなジープっぽい車――色はダークグリーン――で、運転席の床にだけ、なぜか新聞紙が敷かれている。後部座席には動物の毛皮でできたクッションが二つ置いてあって、CDやお菓子の袋、はがしたバンドエイドや人形が散らかっている）。

小島先生のそれは、小柄な先生には不釣合に大きくて平べったい、ものすごく古そうなチェリーレッドの車で、乗るとドライフラワーみたいな匂いがした。あるいは干からびたドロップみたいな。うしろに、本がたくさん乗っていた。座席に。ほんとうに、乗っているという感じだったのだ、どうしてだかわからないけれど。発進すると、電車みたいにがたがた揺れた（でもそれははじめだけで、なつきがほっとしたことに、すこしすると普通になった）。

音楽をかけたいかどうか、先生は訊いてくれた。なつきが「いいえ」とこたえたのは、その方がたくさん話ができると思ったからで、でもそうではなく、静かすぎると緊張して上手《うま》く話せないことがわかったので、やっぱり音楽をかけてほしいと、なつきは言い直した。先生はラジオをつけてくれた。女の歌手の歌が流れ、先生が、運転しながら頭を上下にふってリズムをとり始め、それはかなりへんな動きでなつきはちょっと笑ってしまい、それでようやく、生徒だったころとおなじ安心な気持ちで、話すことができたのだった。

めったにない勢いで、なつきは話した。ブラスバンドのこと（たのしいが、ほんとうはまだすごく緊張している。部員のほとんどは上級生なのだ）、キンバリーとドリューのこと、まだ杉並の家の夢をみること、歯医者さんのこと（なつきは来年、あの恐ろしい矯正器をつけることになるかもしれない）。途中で買ってもらった紙コップ入りのソーダをのみながら、先生に報告したいことがありすぎて、自分で驚いたほどだった。先生も、幾つか報告してくれた。最近トマトがたべられるようになった（きゅうりは依然としてたべられない）とか、カナダに来て十四年になるけれど、いままでも日本の夢はみるし、それは悲しいことではなく、むしろ嬉《うれ》しいことだとか。先生に甥《おい》がいることもわかった（もうずっと会っていないのに、いまのなつきくらいの年齢のころのその子が、このあいだ夢にでてきたのだそうだ）。先生が猫を飼っていることは前に聞いて知っていたけれど、女友達とルーム・シェアをして住んでいることもわかった。

あんまり話に夢中になっていて、車が家の前に止まっても、しばらく気がつかなかった。母親がとびだしてきて、そこがどこかにやっと気づいた。そういうわけで、なつきは改めて感心したのだが、ほんとうに、小島先生は大人とは思えないほど、ちゃんと言葉の通じる人なのだった。

それに、話の途中で、先生はすばらしい提案をしてくれた。

「いつか、なつきちゃんのビブラフォンと私のピアノで合奏しましょう」

というのがそれで、先生はピアノを弾けるのだ。この国にきたばかりのころ、レストランで演奏する仕事をしていたというから、きっと上手にちがいない。

「もう一切れたべる？」

母親に訊かれ、なつきは「たべる」とこたえてお皿をさしだす。ケーキにはりんごが焼き込まれている。ケーキからりんごを全部ひっぱりだし、「ケーキとりんごをべつべつに」たべようとしたドリューに、ミセス・クロスビーが眉《まゆ》をつりあげてみせる。

いつか先生と合奏するためにも、ブラスバンドの練習は熱心に続けよう、となつきは決め、二切れ目のケーキにとりかかった。

4

　コンサートはまだ始まらない。室内の空気がどんよりと重く感じられるのは、誰も口にはだささないけれど、鈴木さんのことがあるからに違いなく、誰も口にださないというそのこと自体が、すでにもう何かなのだった。ゆうべ救急車で運ばれたというあの老人——慇懃《いんぎん》で、服の趣味が悪く、早朝の散歩を習慣にしていた——と、ほとんど話したことのない圭子ですら、胸がざわざわする。いなくなる、ということ。勿論、鈴木さんはまだ亡くなっていない（というか、誰も容態を正しく把握していない）。それでも——。

　いなくなる、ということ。自分にも龍次にも、いつかその日が来るのだ。幸いどちらも健康だし、六十代前半というのはこのマンションでは比較的若い部類で、順番としてはまだ先だろうと思うけれども。

「注ぎ足しちゃだめなのかしら」

隣の席で、空になったグラスを手に、徳子さんが言った。

「頼めば注いでくれるだろ？　出し惜しみするほどの高級ワインじゃあるまいし」

岸田氏がこたえ、圭子は顔をしかめてしまわないよう努力した。五千円でチケットを買った参加者にはワイン一杯か、コーヒーとお菓子のセットかがつく、とチラシに明記されていた。それは、特典というほどのものではないにしても余禄《よろく》であり、決りごとなのだ。余計にもらおうとするなんて行儀が悪い。

「シューベルトの遺作を含む五曲って書いてあったけど、どれが遺作なのかしら」

いまの会話は聞かなかったふりをして、話題をさりげなく音楽に誘導する。日頃お世話になっている、高齢の徳子さん夫妻に対して、こういう心配りをするのも自分の役目だと、圭子は感じる。

「さあねえ、第一、読めやしないわ、こんな小さい字」

演目の印刷された紙――本日のプログラム――を大袈裟《おおげさ》なほど遠ざけて持ち、徳子さんは言った。

「ロンドだよ、ニ長調の方の」

龍次がこたえ、圭子は夫の博識ぶりに胸を打たれる。

「何曲め？」

徳子さんが尋ね、

「三曲目です。作品138、D608と書いてあるやつ」

と静かな口調で応じた夫の太腿《ふともも》に、圭子はそっと片手を置く。

「桐朋《とうほう》音大っていえばさ」

ピアニスト二人の略歴を、ぶつぶつ声にだして読んでいた岸田氏が、身をのりだして龍次に話しかけた。

「これは誓って俺じゃないよ。俺じゃないけどある大物俳優がさ、もう二十年くらい前だけど、桐朋音大出の女とちょっとまずいことになってね」

圭子は困惑する。妻二人をあいだに置いて、なぜいまわざわざそんな話をする必要があるのだろう。

「その女はピアノ科じゃなくて声楽科の出でね、ナニのときの声が……」

圭子は聞くのをやめる。徳子さんがなぜこんな男性に耐えられるのかわからなかった。こんな男性と、何十年も一緒に暮しているなんて。

世間には、でももっとおそろしい男性がいるのだ。妻に暴力をふるったり、子供を虐待《ぎゃくたい》したり、お酒やギャンブルに溺《おぼ》れたり、犯罪に手を染めたり。

壁の時計は、七時二分をさしている。自分はほんとうに幸運だったと圭子は思う。

「七時を過ぎたのに、まだ始まらないのかしら」

そして、岸田氏の馬鹿話《ばかばなし》から大切な夫を救いだすためだけに言ってみる。

5

ひさしぶりに隣室の男がやってきたとき、雛子は部屋の掃除を終え、靴を磨きながら、架空の妹と死について語り合っているところだった。姉妹がこれまでに見てきた幾つかの——一つずつみんな違っていて、けれど一様に驚きを伴った、かなしい、乱暴な、ときに安らかな——死について。すこし前に上階の住人が亡くなったからで、雛子はその住人と面識がなかったが、エントランス・ロビーに貼《は》られた知らせによれば、近くリフォーム業者が入るというから、おそらく一人暮しだったのだろう。

雛子は死を、注意深く扱った。あかるい、単純な、物語の結末。誰にでも訪れる安息。それ以上でも以下でもないものとして、間違っても故人の血や肉や骨や、人生や感情に踏み込んでしまわないように。

「でも、かあさんは大往生だったのよ」

たとえば雛子は架空の妹に、笑顔でそんなふうに話す。

「直前まで元気にしていて、『パパがなかなか迎えに来てくれない』ってワインをのみながら文句を言って、その夜にそのまま、それこそ眠るように亡くなったんだから」

「ねー、よかったよねー、あれは絶対父さんが迎えに来たんだと思うもん」

架空の妹はこたえる。現実の飴子は、そのときには行方不明になっていたのだが。

「それに、かあさんは病院が嫌いだったから、お家《うち》で死ねてよかったと思うな」

と。姉妹の父親は病院で死んだ。雛子の最初の夫であり、正直の父親であった男も。病室、廊下、手術室、ＩＣＵ。医師、看護師、消毒薬の匂い、心電図や人工呼吸器の立てる音、見舞客の持ってくる花束や果物、窓から見える景色、売店で買う週刊誌、味気ない食事の載ったトレイ、それを運ぶワゴン、点滴スタンド（がらがらとそれをひきずって、歩く父親や夫のうしろ姿）。退院や再入院や再手術や。それらを、けれど雛子は架空の妹との会話から閉めだす。無論、厩舎《きゅうしゃ》で首を吊《つ》って死んだ男のことも。

「思いだすのやめなよ」

けれど架空の妹は言う。きょうの彼女は二十歳くらいに見える。水色のブラウスに、紺色のミニスカートを合わせている。裸足《はだし》の足は小さく、幅が狭くて薄べったい。

雛子にはわからなかった。でも、と、ほんとうのところ思う。でも、私に残されているのは記憶だけだわ、と。

「それ、いい靴だね」

架空の妹が指さしたのは、黒いアンクルブーツだった。雛子はあまり外出しないので、持っている靴の数はすくない。服はともかく、靴だけはいいものを履きなさい、と母親に言われて育ったせいか、街を歩くとつい靴屋に目がいってしまい、昔は随分たくさん持っていたのだが。夫ではない男に誘われて乗馬を始めてからは、ゴム長や運動靴や乗馬ブーツといった武骨なもの——それまでの雛子が、自分には無縁だと信じていたもの——ばかりが増えた。それらは、けれどもうどこにもない。ここに入居することが決ったとき、夫か息子が処分したのだろう。雛子には、いまやほとんど信じられない。ゴム長や運動靴や乗馬ブーツ。そんなものを履いていた日々が、ほんとうにあったのだろうか。一日じゅう戸外で過すこともめずらしくなかった。仕事はいくらでもあり、労働はたのしかった（雛子はトラクターの運転まで覚えたのだ）。男が仲間二人と経営していた厩舎——兼乗馬スクール——の、裏を流れる川が雛子は好きだった。

「死っていえばさ、『道』っていう映画のなかで、ジェルソミーナが死ぬところはかなしかったね」

缶に入れた布やブラシ、艶《つや》だしクリームや防水スプレーといった道具を、一つずつ検分しながら架空の妹は言う。

「『ライムライト』でカルヴェロが死ぬところもかなしかったわ」

雛子が言うと、架空の妹は即座に、

「チャップリンはいつだってかなしいじゃん」

と断じる。狭い玄関は靴墨の匂いがし、廊下にはカーペットが敷きつめられている。下駄箱《げたばこ》の上の果物鉢は空のまま、埃《ほこり》がたまってざらついている。

「これ、何?」

靴底についたゴミや泥を落すための、小さなヘラを手にして架空の妹が訊いたとき、隣室の男はやってきたのだった。

「こんにちは。いま、いいですか。それともお邪魔だろうか」

いつものように男は言い、雛子はどうぞとこたえて、男が通れるように端に寄った。

「つまずかないでくださいね」

散らかった道具を指さして言うと、

「了解」

とこたえた男はそれらを大きな歩幅でまたいだ。寒いですね。お元気でしたか。ほら、ちょっとご無沙汰《ぶさた》しちゃったから。そんなふうに言いながら、奥に入る。奥には慣れた態度で入るのに、

「どうぞ、坐《すわ》って」

と促されるまで立っている男を、行儀がいいと雛子は思う。

「そんなのあたりまえじゃない？　ねえさんは甘すぎるよ」

架空の妹が言い、

「これ」

と男が言う。差しだされた紙袋は老舗《しにせ》のとんかつ屋のもので、なかにサンドイッチが入っていた。

「雛子さん、お昼たべてないでしょう？」

時刻は三時に近かった。窓の外は鈍色《にびいろ》で、すでに夕方のように見える。

「どうしてわかったの？」

雛子は驚いて尋ねた。こういうことが、たびたびあるのだ。男は笑う。

「だって、雛子さん前に言ってたから、お昼はほとんどたべないんですって」

言ったろうか。言ったかもしれない。

「たべた方がいいですよ。たべることは大事です」

架空の妹が顔をしかめる。大きなお世話だ、と思っているのか、そんなのあたりまえじゃないの、と思っているのか、雛子にも判断はつきかねた。サンドイッチを皿にならべ、ほうじ茶を淹《い》れた。

「いい匂い。あの街の夕方の匂い」

架空の妹が呟《つぶや》く。その街の商店街を、妹と歩いた幾つもの記憶が混ざり合って浮かんだ。あるときは駅前で待ち合せをして。あるときは母親におつかいを頼まれて。あるときは自転車に乗って。あるときは図書館に本を返しに。

「先週、ハワイに行ってきたんです」

居間から、男がそう言う声が聞こえた。

「姪《めい》の結婚式に出席しに」

そして、雛子がおめでとうございますと口にするよりも前に、

「あっ」

と叫ぶと、すぐに戻りますと言い置いて、でて行ってしまった。

「へんなの。もう帰ったのかな」

架空の妹は言い、雛子が男のために淹れたほうじ茶をのもうとする。

「戻ってくると思うわ。そう言ってたじゃないの。飴ちゃんはタンノさんに厳しいのね」

雛子が言うと、架空の妹は肩をすくめた。

「そういうわけじゃないけど、へんなんだもん。用もないのにしょっちゅうくるし、いっつも穿鑿《せんさく》するし、笑っていてもかなしそうだし」

「チャップリンみたいに？」

雛子が茶化すと、架空の妹は声を立てて笑った。

「そうそう、チャップリンみたいに。いいね、それ」

戻ってきた男は、チョコレートの箱を手にしていた。

「お土産です。うっかりしてしまった」

雛子は礼を言って受けとり、これもまた手土産だったサンドイッチをつまみながら、サーフィンが趣味だというその姪の、「気恥かしくなるほど家族的かつ自然礼賛《らいさん》的だった」らしい結婚式の話を聞いた。

6

向いに坐ったボーイフレンドの顔を、亜美はまじまじ、しげしげ眺める。ほっそりした、眉毛の濃い、冬なのに日に灼《や》けた顔を。

なに？　と問うように誠が亜美を見返し、

「なんでもない」

と亜美はこたえた。

「ハンサムだなと思って」

と。

「なんだそれ」

誠は笑う。B・Wという二人の気に入りのダイナーの、窓際《まどぎわ》の席で。十二月にはめずらしいことに、おもては雪がちらついている。ひら、とときどき視界に入る程度のふり方で、たぶんすぐに止むのだろうが。

夕暮れ。きょうは駅で待ち合せをし、ラブホテルを経由してここに来た。亜美は誠とのHを手帖《てちょう》につけており、勿論話すつもりはなかったが、きょうのそれは、記念すべき百回目だった。一年八か月で百回。回数に意味はないにしても、なかなかすてきな事実ではないだろうか。

亜美は、会うたびに誠をさらに好きになっていく自分に気づいていた。それは、嬉しいけれどこわいことだ。なぜなら亜美はいまの自分を気に入っていて、だから変りたくないのだ。これ以上誠を――というか、自分以外の誰かを――好きになってしまったら、自分が自分でなくなりそうで、それだけは避けなくてはいけないと感じる。絶対、避けなくてはいけない。

「正直、まだ家にいてさ」

レモンスライスの浮んだコーラをストローでつつきながら、誠が言った。

「ほんと頑固で、手に負えない」

「でも気の毒だな、正直さん」

呟くと、

「気の毒じゃねえよ」

と返された。その子供じみて乱暴な口調に、亜美は思わず笑ってしまう。

「ほんとに仲がいいよね、お宅の兄弟」

自分が一人っ子だからか、父親が違って年も離れているのに親しそうな二人が、以前からうらやましかった。

「そうかな」

そうだよ、とこたえて、亜美はまた誠をまじまじと眺める。やさしくて、感じがよく、一緒にいると安心で、考え方が健全で、こんなに普通の男の子を、どうして眺めずにいられるだろう。亜美の意見では、普通の男の子というのは稀少種《きしょうしゅ》なのだ。

「仲がいいのは、とてもいいことだよ」

自信たっぷりに亜美は言い、にっこりうなずいてみせる。

そろそろ店をでなければならない時間だった。きょうは二人ともバイトの日だ。

「行く？」

亜美の気持ちを読んだみたいに誠が言い、

「行く」

と亜美もこたえた。誠は携帯電話を操作しながら、心ここにあらずな感じでレジに向う。すこしも名残り惜しそうではないそのうしろ姿を、亜美は満足して眺める。またすぐに会えるし当然会う、と信じて疑っていない男の子の背中だったからだ。

7

「雪！」

架空の妹が言い、言うが早いか窓をあけた。

「ひなちゃん来て。早く早く」

窓枠につかまり、上半身をすっかりおもてにだして、片足立ちになっている。雛子が近づくと一歩だけ横にずれ、場所をあけてくれた。

「ほんと。きれいね」

降るというより、夜のなかを風に運ばれてくるその白いかけらは、ひどく頼りないものに見えた。

「緊張してるの？」

尋ねられ、雛子は返答につまった。架空の妹は笑って、

「ちょうど部屋の掃除をしたばっかりで、よかったね」

と言う。

正直の妻だという女性から電話がかかってきたのは、隣室の男が帰った直後だった。女性は雛子に相談したいことがあるのだと言った。急で申し訳ないのですが、あしたうかがってもいいでしょうか、と、落着いた声音で、丁寧に言った。

「正直も一緒に？」

雛子が尋ねると、

「いいえ」

とすまなそうにこたえ、でも娘を連れていきます、とつけたした。

「正直がいやがると思うわ」

雛子は言った。会ってみたい気持ちより、恐怖の方が強かった。何に対する恐怖なのかは、自分でもよくわからなかったけれども。

「何時に来るの？」

架空の妹が訊く。

「たのしみじゃない？　正直のお嫁さんと、正直の赤ちゃん」

現実の飴子は、正直をいつも甘やかしていた。

「でも、どんな顔で会えばいいのかわからないわ」

雛子が言うと、架空の妹は窓から手をだして雪片を一つ手のひらにのせ、

「顔は一人に一つしかついてないじゃん」

と言う。雪片は、手のひらに着地すると同時に水になった。

「それはそうね」

雛子は微笑《ほほえ》む。わかっていた。それに、もう、どうぞとこたえてしまったのだ。どうぞ、お待ちしてるわ、と、まるでちゃんとした義母みたいに。

雪は、目をこらしていないと見のがしそうにゆっくり、すこしずつ降りてくる。

「昔さ、二人でイギリスを旅行したとき、大雪が降ったね」

架空の妹が言った。

「憶《おぼ》えてるわ。ヨークシャーでしょう？　ブロンテ姉妹の生家と荒野を見るツアー」

「そうそう」

架空の妹は嬉しそうにこたえ、ホテルの朝食がおいしかったことや、シャーロットの衣服――牧師館に飾ってあった――が小さくて驚いたことなどを語る。

「そうだったわね」

雛子は、すぐそばにある写真を見てしまわないように注意しながら相槌《あいづち》を打つ。雪景色のなかに、姉妹がならんで立って笑っている、この部屋に飾ってあるなかで唯一《ゆいいつ》

の、現実の飴子が写っている写真だ。雛子の独身最後の冬で、飴子はまだ大学生だった。

「寒かったけど、きれいだったよねー、どこもかしこもまっ白で」

あれから三十年もたつのだ。

「でも、ねえさんは途中で歩けなくなったね。凍えて、いまにも泣きそうな顔になってた」

架空の妹は笑う。

「靴下まで濡《ぬ》れて、足の指がかじかんじゃったんだもの」

雛子は革のブーツを履いていた。ゴム長やらトレッキングシューズやらは、雛子の人生に、まだ登場していなかった。

「ホテルに戻れたときにはほっとしたわ」

「お部屋にココアが用意されてたね」

「そうだったわね」

随分昔にした旅なのに、記憶が細部まで鮮明なことに雛子は戸惑う。ほんとうだろうか。あの旅は、ほんとうにそんなふうだっただろうか。それとも、妹同様に、記憶も架空なのだろうか。

現実の雪は、すでに止んでしまっている。

「残念」

架空の妹は言った。

「積ればおもしろかったのに」

子供のころ、姉妹は雪が好きだった。積ればはりきって雪だるまをつくったし、暖房が逃げると叱《しか》られても窓をあけ、降ってくる雪を飽きずに眺めた。雛子は窓を閉める。九時を過ぎているが、午後遅くにサンドイッチをたべたので、空腹を感じなかった。

「でも何かたべれば？」

架空の妹はピアノのふたをあけ、

「チャップリンも言ってたじゃないの、たべた方がいいですよって」

と言って、一本指で鍵盤《けんばん》をおさえる。たあん、とレの音を響かせ、ティン、とシの音をだす。

「欲しくないの」

雛子はこたえ、

「やっぱり緊張してるのかもしれないわ」

と認めた。架空の妹は不思議そうな顔をする。

「そんな必要ないじゃん」

あっさりと言い、

「たのしみだなー、あした」

と、姉妹の母親そっくりの口調で呟く。そしてピアノを弾き始める。ジグだ。賑《にぎ》やかで速い、素朴で陽気な架空の音がピアノからこぼれ、部屋を満たし、雛子は立ったまま目をとじて、全身でそれを聴きとる。現実には存在しない音の一つ一つが、現実に存在する自分の上に、周囲に、次々降りてきては消えるのを感じる。雪のように、記憶のように。

解　説

綿矢りさ

つらい過去はふりきってしまった方が楽だと、ついすべての苦い経験は忘却の彼方《かなた》に追いやってしまいがちだが、過去ととことん共存することで、今をやわらかく大事に生きられるのかもしれない。本書を読んだときまず初めにそんな感想を抱き、過去はすべて美しい、というやや乱暴な言葉も思い出した。

経験からいえばリアルタイムでつらかったことは、何年も経《た》ったあとに思い出してもナイフで切られたみたいに痛くて、顔をしかめたり、ときには声に出して独り言を言ってしまうほど、生々しく鮮やかだ。特に親しい人が去ってゆく記憶は、今現在私の足元に散らばってる賑《にぎ》やかで楽しい、おもちゃみたいに色とりどりなできごとを、全部テーブルクロスの上に乗っけて、クロスごと引きずって遠くへ持ち去られてゆくのが可視化できるほど、冷え冷えとさびしい思いを改めて感じさせる。

本書の主人公雛子《ひなこ》は、五十代にして高齢者向きのマンションに住む、一人暮らしの女性。日々の生活では、幼いころから仲の良かった妹の姿をたびたび思い出し、架空の妹としょっちゅう会話している。本物の妹は亡《な》くなったわけでもなく、妻子持ちの男と駆け落ちした末、生活が破綻したあたりで音信不通になった。雛子は妹の居場所を知ろうとがんばったが、結局あきらめて、ひたすら記憶のなかの妹と楽しげな会話をくり返している。

雛子が妹探しを諦《あきら》めたのは、本物の妹に執着がなくなったからではない。妹は自分の居場所を知っているのに連絡してこない、ということは、妹は自分に会いたくないのだ、と相手の意志を尊重したからだ。こういう類《たぐい》の別れは本当につらいと思う。人の気持ちは目に見えないし、自分が好きでも相手がどのくらい自分を好きでいるかは、一生分からない。態度で計るしかない。連絡先も告げずに去るという行為は、明らかに拒否のサインだろう。しかしただ嫌いだからとか忘れたいからという理由だけで、妹が連絡してこないわけじゃないと、雛子は分かっているのだと思う。だからこそ、現実の妹についての情報は無いままでも、過去の妹が生き生きと彼女のなかでしゃべり続ける。

たとえば去っていったのが恋人なら、心変わりしたのだろうなとか私よりもっと他に大切な人ができたんだろうと、苦しいながらも割り切れる。友達との突然の音信不通は、鈍い痛みが続くが、気づかなかったが嫌われてたのかもしれない、友達の人生の方向が変わって私との付き合いが必要なくなったのだろう、となんとか納得する。でも肉親の失踪《しっそう》はどうだろう。家族とは遠く離れて暮らしても、長い間会わなくても、どこかでつながっている気がしてる。現にちょぼちょぼつながっていて、「お正月には顔見せなさいよ」とか「従姉《いとこ》に赤ちゃんが生まれたよ」など実家から電話がかかってきたり、こちらもふと思い立って実家に帰ってみたりする。

私には弟がいるが、ひんぱんに連絡を取り合うわけじゃないけど、元気に暮らしてると知ってるからこそ、つぶさに近況が分からなくても気にならないでいることができる。もちろん失踪なんてしたら、あわてふためいて心配して、どんなに嫌がられてもできる限りの手を使って探し出すだろう。

でも見つけ出しても、もう関わりたくないと言われたら、諦めるしかない。きょうだいの関係は微妙で、おたがいの家族意識がないと、いい大人がきょうだい仲良くする理由もないし、継続はむずかしい。でも割り切れない気持ちが残る。私たちはつながっていたはずなのに、どうして？と。幼いころずっといっしょに過ごした記憶が土台になっているせいか、裏切られたとか腹が立つより先に、不可解さが残る。たくさんケンカしてきたけど、その都度仲直りしてきたじゃない、と。

妹に去られたとき、雛子はさぞ苦しかっただろう。でも雛子は雛子で、自分の築いた家庭を捨て、男と逃亡した。妹との思い出は一つ一つ丁寧に思い出す雛子が、自分の置いてきた夫と子どもについての記憶となると、忘れたいこととして途端に機能停止してしまう。去った妹を責めないのと同じ姿勢で、雛子は自分のことも責めない。きょうだいの音信不通よりも、子どもを置いて出て行く方が罪は重いだろう。失踪してからアル中気味になり、救急車で病院に担《かつ》ぎ込まれた雛子は、自分の捨てた家族と再会を果たす。長男の正直《まさなお》は母を頑として許さないが、二男の誠はたまに母に会いにくる。母が去ったとき、二男のほうが幼かったのだから、傷は兄より深いと思うが、そこは性格の差なのだろう。長男は安定した幸福な家庭を理想とするタイプで、二男はけっこう無口でさっぱりしていまどきの男の子っぽくて、可愛《かわい》い彼女がいる。

男と蒸発したのに子どもが訪ねてきてくれるなんて、ずいぶん恵まれていると思うが、雛子はうれしそうではなく、おそろしいと感じている。元来、彼女は訪問客が苦手で、お隣に住む丹野《たんの》さんが心配して訪ねてくるときも、架空の妹とともにおっくうさを感じている。自分から働きかけないのに人が集まってくるのは、放っておけないタイプだからかもしれない。

雛子が現実の人間におびえるのは、彼女がもう「過去の人間」だからだと思う。自分の築いた何一つ欠点の無さそうな家庭でさえ、彼女の本当の居場所ではなかったのだろう。「男で身を持ち崩す家系」と揶揄《やゆ》される雛子と妹の飴子《あめこ》だが、二人とも大人になるにつれて、自分の居場所にしっくりこなくなった。人を傷つけてまで全《すべ》てを捨て、新しい生活を手に入れようともがくが、うまくいかない。二人が一番本来の自分のままでいられたのは、幼少期だけだった。もしかしたら幼少期の排他的でひそやかな、しかし絶対的に平和な空間で過ごした思い出が、あまりにも風変りすぎて、人々が普通に想像する幸せな生活とかけ離れてしまったのかもしれない。雛子が高齢者用のマンションに住んでいるのも、もうこれからの自分の人生は余生だと思っている表れだろう。それならきょうだい二人で、過去の暮らしを再現して、永遠に変わらないユートピアで生きればいいのに、と思うが、やっぱり妹のほうが「それはできない」といった思いがあるのだろう。

雛子は、まるで瓶のなかに閉じ込められたように、過去のなかでだけ生息している。でも彼女が架空の妹と話す姿は、なぜだか魅《ひ》きつけられる。彼女のなかの妹のキャラクターが、アニメ映画の「魔女の宅急便」の黒猫ジジのように軽快でかわいくて素朴なせいもあるが、なにより雛子が孤独じゃなさそうなのがいい。人といっしょにいても孤独なときはある。雛子はいつも一人だけど辛《つら》い記憶につながるはずの過去を、大切に慈《いつく》しみ愛してきたおかげで、どんなときも孤独ではない。私ならいなくなった人からもらった手紙や写真は、大切な思い出だけど見ると悲しくなるからと、心を鬼にして破り捨てたりする。でも雛子はそのつらさに毎回耐えながら、記憶の手紙をずっと保管し続けて、香りや笑顔やその日の空気などもいっしょに甦《よみがえ》らせることができる。

時の流れない世界で暮らす雛子だけど、そんな彼女が重い腰をあげ、極度の緊張とともに外へ飛び出す準備をさせるのは、やっぱりいまを生きる彼女の周りの人たちだ。世の中は簡単な善悪では説明できない、計り知れない思いもあると、これまでの自分の経験を通していやというほどよく分かっている彼女が、果たして今同じような思いで悩んでいる人間に、どんな言葉をかけるのか。

タイムスリップと同じくらい大変な時空のトンネルをくぐり抜けて、現在の時間へ戻ってこようとする雛子さんに、がんばれとエールを送りたくなる。つねに彼女と共にいる架空の妹も、きっと良い助けになってくれるだろう。

（平成二十七年四月、作家）

この作品は平成二十五年一月新潮社より刊行された。

江國香織著

ぬるい眠り

恋人と別れた痛手に押し潰されそうだった。大学の夏休み、雛子は終わった恋を埋葬した。表題作など全9編を収録した文庫オリジナル。

江國香織著

雨はコーラがのめない

雨と私は、よく一緒に音楽を聴いて、二人だけのみちたりた時間を過ごす。愛犬と音楽に彩られた人気作家の日常を綴るエッセイ集。

江國香織著

ウエハースの椅子

あなたに出会ったとき、私はもう恋をしていた。出会ったとき、あなたはすでに幸福な家庭を持っていた。恋することの絶望を描く傑作。

江國香織著

がらくた

島清恋愛文学賞受賞

海外のリゾートで出会った45歳の柊子と15歳の美しい少女・美海。再会した東京で、夫を交え複雑に絡み合う人間関係を描く恋愛小説。

江國香織著
銅版画 山本容子

雪だるまの雪子ちゃん

ある豪雪の日、雪子ちゃんは地上に舞い降りたのでした。野生の雪だるまは好奇心旺盛。「とけちゃう前に」大冒険。カラー銅版画収録。

江國香織著

犬とハモニカ

川端康成文学賞受賞

恋をしても結婚しても、わたしたちは、孤独だ。川端賞受賞の表題作を始め、あたたかい淋しさに十全に満たされる、六つの旅路。

恩田陸著
猫と針

葬式帰りに集まった高校時代の同窓生。やがて会話は、15年前の不可解な事件へと及んだ。著者が初めて挑んだ密室心理サスペンス劇。

恩田陸著
隅の風景

ビールのプラハ、絵を買ったロンドン、巡礼旅のスペイン、首塚が恐ろしい奈良……求めたのは小説の予感。写真入り旅エッセイ集。

川上弘美著
おめでとう

忘れないでいよう。今のことを。今までのことを。これからのことを——ぽっかり明るくしんしん切ない、よるべない十二の恋の物語。

川上弘美著
ニシノユキヒコの恋と冒険

姿よしセックスよし、女性には優しくこまめ。なのに必ず去られる。真実の愛を求めさまよった男ニシノのおかしくも切ないその人生。

川上弘美著
どこから行っても遠い町

二人の男が同居する魚屋のビル。屋上には、かたつむり型の小屋——。小さな町の人々の日々に、愛すべき人生を映し出す傑作小説。

川上弘美著
パスタマシーンの幽霊

恋する女の準備は様々。丈夫な奥歯に、煎餅の空き箱、不実な男の誘いに喜ばぬ強い心。女たちを振り回す恋の不思議を慈しむ22篇。

角田光代著

さがしもの

「おばあちゃん、幽霊になってもこれが読みたかったの?」運命を変え、世界につながる小さな魔法「本」への愛にあふれた短編集。

角田光代著

くまちゃん

この人は私の人生を変えてくれる? ふる/ふられるでつながった男女の輪に、恋の理想と現実を描く共感度満点の「ふられ小説」。

角田光代著

今日もごちそうさまでした

苦手だった野菜が、きのこが、青魚が……こんなに美味しい! 読むほどに、次のごはんが待ち遠しくなる絶品食べものエッセイ。

角田光代著

まひるの散歩

つくって、食べて、考える。『よなかの散歩』に続き、小説家カクタさんがごはんがめぐる毎日のうれしさ綴る食の味わいエッセイ。

窪　美澄著

ふがいない僕は空を見た

山本周五郎賞受賞・R-18文学賞大賞受賞

秘密のセックスに耽る主婦と高校生。暴かれた二人の関係は周囲の人々を揺さぶり——。生きることの痛みを丸ごと包み込む傑作小説。

窪　美澄著

晴天の迷いクジラ

山田風太郎賞受賞

どれほどもがいても好転しない人生に絶望し、死を願う三人がたどり着いた風景は——。命のありようを迫力の筆致で描き出す長編小説。

新潮文庫最新刊

吉川英治著
新・平家物語（十八）
平家滅亡後、兄頼朝との軋轢が決定的になった義経。「腰越状」で真情を切々と訴えるが届かない。義経は戦を避けて都落ちを決意。

河野裕著
その白さえ嘘だとしても
クリスマスイヴ、階段島を事件が襲う――。そして明かされる驚愕の真実。『いなくなれ、群青』に続く、心を穿つ青春ミステリ。

知念実希人著
天久鷹央の推理カルテIII
―密室のパラノイア―
呪いの動画？　密室での溺死？　謎めく事件の裏には意外な〝病〟が！　天才女医が解決する新感覚メディカル・ミステリー第3弾。

伊坂幸太郎著
3652
―伊坂幸太郎エッセイ集―
愛する小説。苦手なスピーチ。憧れのヒーロー。15年間の「小説以外」を収録した初のエッセイ集。裏話満載のインタビュー脚注つき。

藤原正彦著
管見妄語　卑怯を映す鏡
卑怯を忌む日本人の美徳は、どこに行ってしまったのか。現代の病んだ精神を鋭い慧眼と独自のユーモアで明るみにするコラム集。

髙山正之著
変見自在　オバマ大統領は黒人か
世界が注目した初の「黒人」大統領はとんだ見せかけだった――。読者を欺く朝日新聞や売国公僕まで、世に蔓延る大ウソを炙り出す。

ちょうちんそで

新潮文庫　え－10－19

平成二十七年六月一日発行

著者　江《え》國《くに》香《か》織《おり》

発行者　佐藤隆信

発行所　株式会社新潮社

郵便番号　一六二―八七一一
東京都新宿区矢来町七一
電話　編集部(〇三)三二六六―五四四〇
　　　読者係(〇三)三二六六―五一一一
http://www.shinchosha.co.jp

価格はカバーに表示してあります。

乱丁・落丁本は、ご面倒ですが小社読者係宛ご送付ください。送料小社負担にてお取替えいたします。

印刷・大日本印刷株式会社　製本・株式会社大進堂

ISBN978-4-10-133929-0 C0193